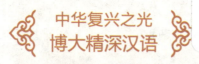

中华复兴之光
博大精深汉语

U0577068

文学散曲奇葩

鹿军士 主编

汕头大学出版社

图书在版编目（CIP）数据

文学散曲奇葩 / 鹿军士主编. -- 汕头 ：汕头大学
出版社，2016.1（2023.8重印）
（博大精深汉语）
ISBN 978-7-5658-2355-8

Ⅰ．①文… Ⅱ．①鹿… Ⅲ．①散曲－文学欣赏－中国
Ⅳ．①I207.24

中国版本图书馆CIP数据核字(2016)第015330号

文学散曲奇葩　　　　　　WENXUE SANQU QIPA

主　　编：鹿军士
责任编辑：邹　峰
责任技编：黄东生
封面设计：大华文苑
出版发行：汕头大学出版社
　　　　　广东省汕头市大学路243号汕头大学校园内　邮政编码：515063
电　　话：0754-82904613
印　　刷：三河市嵩川印刷有限公司
开　　本：690mm×960mm　1/16
印　　张：8
字　　数：98千字
版　　次：2016年1月第1版
印　　次：2023年8月第4次印刷
定　　价：39.80元
ISBN 978-7-5658-2355-8

前言

党的十八大报告指出："把生态文明建设放在突出地位，融入经济建设、政治建设、文化建设、社会建设各方面和全过程，努力建设美丽中国，实现中华民族永续发展。"

可见，美丽中国，是环境之美、时代之美、生活之美、社会之美、百姓之美的总和。生态文明与美丽中国紧密相连，建设美丽中国，其核心就是要按照生态文明要求，通过生态、经济、政治、文化以及社会建设，实现生态良好、经济繁荣、政治和谐以及人民幸福。

悠久的中华文明历史，从来就蕴含着深刻的发展智慧，其中一个重要特征就是强调人与自然的和谐统一，就是把我们人类看作自然世界的和谐组成部分。在新的时期，我们提出尊重自然、顺应自然、保护自然，这是对中华文明的大力弘扬，我们要用勤劳智慧的双手建设美丽中国，实现我们民族永续发展的中国梦想。

因此，美丽中国不仅表现在江山如此多娇方面，更表现在丰富的大美文化内涵方面。中华大地孕育了中华文化，中华文化是中华大地之魂，二者完美地结合，铸就了真正的美丽中国。中华文化源远流长，滚滚黄河、滔滔长江，是最直接的源头。这两大文化浪涛经过千百年冲刷洗礼和不断交流、融合以及沉淀，最终形成了求同存异、兼收并蓄的最辉煌最灿烂的中华文明。

五千年来，薪火相传，一脉相承，伟大的中华文化是世界上唯一绵延不绝而从没中断的古老文化，并始终充满了生机与活力，其根本的原因在于具有强大的包容性和广博性，并充分展现了顽强的生命力和神奇的文化奇观。中华文化的力量，已经深深熔铸到我们的生命力、创造力和凝聚力中，是我们民族的基因。中华民族的精神，也已深深植根于绵延数千年的优秀文化传统之中，是我们的根和魂。

　　中国文化博大精深，是中华各族人民五千年来创造、传承下来的物质文明和精神文明的总和，其内容包罗万象，浩若星汉，具有很强文化纵深，蕴含丰富宝藏。传承和弘扬优秀民族文化传统，保护民族文化遗产，建设更加优秀的新的中华文化，这是建设美丽中国的根本。

　　总之，要建设美丽的中国，实现中华文化伟大复兴，首先要站在传统文化前沿，薪火相传，一脉相承，宏扬和发展五千年来优秀的、光明的、先进的、科学的、文明的和自豪的文化，融合古今中外一切文化精华，构建具有中国特色的现代民族文化，向世界和未来展示中华民族的文化力量、文化价值与文化风采，让美丽中国更加辉煌出彩。

　　为此，在有关部门和专家指导下，我们收集整理了大量古今资料和最新研究成果，特别编撰了本套大型丛书。主要包括万里锦绣河山、悠久文明历史、独特地域风采、深厚建筑古蕴、名胜古迹奇观、珍贵物宝天华、博大精深汉语、千秋辉煌美术、绝美歌舞戏剧、淳朴民风习俗等，充分显示了美丽中国的中华民族厚重文化底蕴和强大民族凝聚力，具有极强系统性、广博性和规模性。

　　本套丛书唯美展现，美不胜收，语言通俗，图文并茂，形象直观，古风古雅，具有很强可读性、欣赏性和知识性，能够让广大读者全面感受到美丽中国丰富内涵的方方面面，能够增强民族自尊心和文化自豪感，并能很好继承和弘扬中华文化，创造未来中国特色的先进民族文化，引领中华民族走向伟大复兴，实现建设美丽中国的伟大梦想。

目 录

散曲兴起

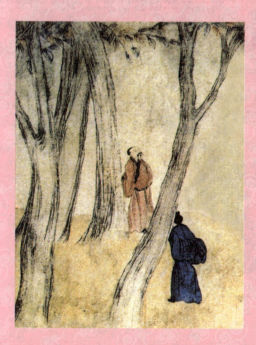

元散曲繁

散曲创新

散曲衰落

散曲兴起

　　我国散曲是继诗、词之后兴起的一种新诗体。宋金之际，契丹、蒙古、女真等少数民族的乐曲相继传入北方地区，与当地原有音乐融合，形成了一种新的乐曲，而原来与音乐相配，后来逐渐独立的词很难适应新的乐调，于是逐步形成了一种新的诗歌形式，这就是散曲。

　　散曲萌芽于宋金之际，兴起于金末，元代初期的散曲刚刚从词或俚曲脱胎而出。因此，这时的散曲有着"以词为曲"的特点。

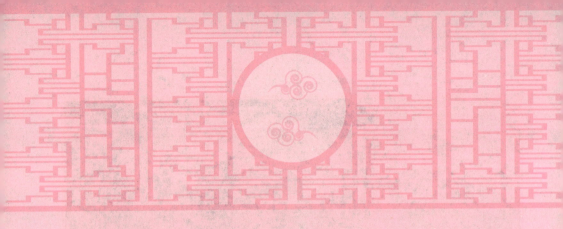

脱胎于词和俚曲的散曲

北京自1012年辽代改称"燕京"后，金、元两代相继建都于此，金称"中都"，元称"大都"。金代于1153年迁都这里。

1267年，蒙古大军统领忽必烈下令在"中都"城的东北郊建造新城作为国都，至1276年新城全部建成。1271年，忽必烈在扩建中的国

都登基称帝，国号"大元"。由此可见，元大都自1153年以来作为金代的政治、文化、商贸的中心长达60年，也是中原文化和北方少数民族文化的最重要的交汇地。

自中晚唐以来，民间长短句歌词经过长期的酝酿，到了宋金对峙时期，又汲收了一些在北方流行的民间曲词和女真、蒙古等少数民族乐曲等文化因素，首先在金代统治的北方地区逐渐形成了一种新的诗歌形式，这就是散曲。由于产生在北方，散曲由此也称"北曲"。

散曲可以说是承继于"词"之后的"可唱"的诗体部分，从金末元初的几十年间，散曲处于以金代遗民为创作主体的 "以词为曲"的阶段。

所谓"以词为曲"，简单地说就是在词的形制中汲收了北方的俗语俚曲，正所谓"金元以来，士大夫好以俚语入词……同时诸调时

行，即变为曲之始"，或在北方的俗语俚曲中融入了词的某些艺术特色。就是说，元代初期的散曲还刚刚从词和俚曲中脱胎出来。

散曲兼有词和曲的特色，"说它是曲，它的韵味却更像词；说它是词，它的面貌却已是曲"。所以《乐府余论》中说："宋元之间，词曲一也。"

散曲与词都是取长短句的形式，倚声填词，以语体化来适应自身的音乐性，因此有时也称散曲为"词余"。但是散曲的句式更为灵活自由，从一字句到几十字不等，伸缩性很大。这主要是由于散曲特有的"衬字"手段造成的。

衬字，即在句子本格之外所加的字，衬字根据需要可多可少，比起诗词字数的固定化是一种突破，能更细腻、更自由地表达复杂多变的感情。

其次，散曲的用韵较密，几乎句句都要押韵，且平上去三声可以通押。诗词的韵脚一般不能用重复的字，散曲的韵脚则不受此限制。

另外，在语言上，诗词一般宜雅而忌俗、宜庄而忌谐，而散曲则雅俗皆可、庄谐杂出，具有口语化、通俗化、自然率真的倾向。

散曲的体制包括小令、套数两大类。小令是散曲的基本单位，又称"叶儿"，起源于词的"小令"，是单一的、简短的抒情歌曲，常和五言和七言绝句，及词中的小令，成为我国最好的抒情诗的大部分。

小令的曲牌常是一个，但也有例外，那就是它有3种变体，一是带过曲，如"沽美酒带过太平令""雁而落带过得胜令"等。

二是集曲，系取各曲中零句合而成为一个新调，如《罗江怨》，便是摘合了《香罗带》《皂罗袍》《一江风》的三调中的好句而成的。最多者若"三十腔"，竟以30个不同调的摘句，合而成为一新调。

三是重头小令，即以若干首的小令咏歌一件连续的或同类的景色或故事，如元人常以8首小令咏"潇湘八景"，4首小令咏春、夏、秋、冬四景，或者竟100首小令咏唱《西厢记》故事等，每首的韵不同。

套数又称"散套""套曲""大令"，是由若干支同一宫调的曲牌连缀而成的组曲，各曲同押一韵且连缀有一定的顺序，一般在结尾部分有尾声。

套数起源于宋大曲和唱赚，在南曲至少必须有引子、过曲，即尾声的3个不同的曲牌，始成为一套。在北曲则至少有一正曲及一尾声，但也有的套数亦有无尾声者。无论套数使用多少首曲牌，从首到尾，必须一韵到底。

正如词之为继于"乐府

辞"之后的"可唱"的诗体的总称一样，散曲的曲调的来源，方面极广，包罗极多的、不同的、可唱的调子，不论是旧有的或者是新创的，本土的或者是外来的，宫廷的或者是民间的。在其间，旧有的曲调所占的成分并不是很多，大部分是新进入的"里巷之曲"与"胡夷之曲"。

金元之际，也包括元代初期的文人初作散曲，通常在创作方法上是"以词为曲"；在体裁上是多作小令，对套数很少或根本不予涉及，更不涉足杂剧。

知识点滴

南曲是宋元时南方戏曲、散曲所用各种曲调的统称，用韵以南方语音为准，有平声、上声、去声、入声4类，叫作四声。音乐上用五声音阶，声调柔缓婉转，以箫笛等伴奏，明代初期亦用筝、琵琶等弦索乐器。南曲是相对于北曲而言的。

北曲流行于金元及明初，而南曲起源要较北曲为早，但流行却很晚，大约在元末明初的时候，南曲作家才出现，而这个时候，北曲已经成为金元诗人们的主要诗体。

虽然如此，但南曲和北曲最初的萌芽是同一的，即都是从"词"里蜕化出来的。无论是南曲，还是北曲，在其本身的结构上，皆可分为两种不同的定式，那就是小令和套数。

元好问擅长自制曲牌创作

金代遗民是散曲的最初创作者，有元好问、杜仁杰、刘秉忠、杨果、商道、商挺等作家，其中元好问、王和卿、杜仁杰是杰出的代表。

他们在由金入元后，介入散曲的创作。他们创作的散曲虽还没有摆脱词的韵味，成就与后来的散曲作家们相比也不算高，但对元曲发展的影响则是不可低估的。

元好问，字裕之，号遗山，今山西忻县人，是金代伟大的作家和史学家。元好问擅长诗文，在金元之际颇负重望，诗词风格沉郁，并多伤时感事之作。他的词内容广泛，风格多样，多反映国家灾难，人民不幸，抒发悲壮胸怀。

在散曲创作方面，元好问擅长自制曲牌，用词作的一些旧调创作成当时民间通俗的新曲，他的散曲"有《锦机集》，其《三奠子》《小圣乐》《松液凝空》皆自制曲"，按元徐世隆《遗山先生文集序》中的说法，是能够"用俗为雅，变故作新"。

元好问的双调《骤雨打新荷》是公认的北曲最早的名篇，它是元好问晚年与名公显贵们饮宴酬醉时所作：

绿叶阴浓，遍池塘水阁，偏趁凉多。海榴初绽，朵朵簇红罗。老燕携雏弄语，有高柳鸣蝉相和。骤雨过，珍珠乱糁，打遍新荷。

人生有几，念良辰美景，一梦初过。穷通前定，何用苦张罗？命友邀宾玩赏，对芳樽浅酌低歌。且酩酊，任他两轮日月，来往如梭。

元好问的这首曲子清丽畅达，意趣隽永，清代诗人朱彝尊称此曲"风流儒雅，百世之下犹想之"。上曲写景，下曲抒怀。上曲先用大笔渲染出一片生机勃勃的盛夏景色，红绿相衬，动静结合，声形并茂，然后用一场"骤雨"点睛，既添凉意，又填清新。

下曲主要抒写了命运前定、及时行乐的情怀，虽然显得有些消沉，但一句"何用苦张罗"也隐隐透出作者对官场险恶的痛感与厌恶。

这首曲子牌名《骤雨打新荷》是以曲中"骤雨过，珍珠乱糁，打遍新荷"而拟。曲调与宋词《大圣乐》韵段、词式多有相类，可能是用《大圣乐》翻作的"新声"，也正是这个原因，这首曲子又被冠以《小圣乐》。

其他如《仙吕·后庭花破子》《黄钟·人月圆》，体制与韵式皆与词相同，是"亦词亦曲"典型代表，与后来纯粹的散曲相比表现出明显的"以词为曲"的特征。

《喜春来·春宴》是元好问"亦词亦曲"中倾向散曲中较为纯粹的一首，每首皆以"唱喜春来"结句，复咏本题：

春盘宜剪三生菜，春燕斜簪七宝钗，春风春酝透人怀。
春宴排，齐唱喜春来。

梅残玉靥香犹在，柳破金梢眼未开，东风和气满楼台。
桃杏折，宜唱喜春来。

梅擎残雪芳心奈，柳倚东风望眼开，温柔樽俎小楼台。
红袖绕，低唱喜春来。

携将玉友寻花寨，看褪梅妆等杏腮，休随刘阮到天台。
仙洞窄，且唱喜春来。

这是一组以梅比喻少女的散曲。写春天到来时，作者喜悦的心情，从曲的内容看，是作者退隐故乡之后所写。曲文充满春天的生机和欢乐的气氛，调子舒畅而和谐，在欢乐中透露出作者的政治抱负。

这四首曲作清新婉约，丽而不绮，纤而不佻，别具风致。通过拟人写梅花凋谢。古代文人多用残、破以形容年轻女子初尝情事或合欢甜蜜后的一种情状，看似婉约含蓄，实则直露通俗。

元好问的这首散曲正是元曲"直""俗"特点在早期的一种体现，因此说，这首曲子开了元曲风格之先河。尽管整首曲的精神和韵味还是词，可毕竟向曲跨出了关键性的一步。

知识点滴

元好问、杜仁杰、王和卿等人是金代遗民的代表。他们虽是金代遗民，但入元后仍是往来于上流社会的名公，基本没有生活之累。

在元代这样的特殊大背景下，元代人的生活是寂寞的，他们互相沟通的时候很少，特别是元好问这样的特殊人物，没有多少人能够走进他们的内心，懂得他们的心理。因此，渴望热闹的场面，渴望在场面中相互沟通，成了那时人的普遍愿望，同时，也是元好问的愿望。

元好问的《喜春来·春宴》就是这种愿望和心理的产物。作者连用4首散曲表达了渴望春天，渴望与友人相会的欢乐场景，曲中用"春宴排""桃杏开""红袖绕"和"仙洞窄"等富有诗情画意的场景，表达了与朋友们相处在一起的欢快，情感交流的愉悦，间接地表达了对美好生活的追求。

杜仁杰开谐趣散曲先河

杜仁杰，原名之元，后改名仁杰，又名征，字仲梁，号善夫，又号止轩，山东济南人。他出生于诗书之家，其父杜忱志行廉洁，既有文名，又有功名。金代末期，杜仁杰隐居内乡山中，元初，屡被朝廷征召，却坚持不出仕。

杜仁杰才学宏博，诗文兼擅，尤其以散曲最具特色而显名于世，深受赞誉。散曲风格豪宕谐谑、通俗率直、质朴自然，为金元之际

善写套曲的高手。

　　杜仁杰性格刚正，在残曲《蝶恋花》中，他说自己"难合时务"，把"荣华""品秩"看作"风中秉烛""花梢滴露"。他认为世人只看官禄，不辨贤愚；只认金玉，不识亲疏。对昏暗腐败的政治现实，他无力改变也不想去改变，只好洁身自好，保持住自己一点节操。

　　杜仁杰才学宏博，喜爱弹唱，性善谑，言谈风趣，他的散曲亦以"善谑"著称。所作散曲内容均为世俗之事，曲词通俗而时尚、风趣而老辣，套曲［般涉调·耍孩儿］《庄稼不识勾栏》是其代表作品：

　　　　风调雨顺民安乐，都不似俺庄家快活！桑蚕五谷十分收，官司无甚差科。当村许下还心愿，来到城中买些纸火。正打街头过，见吊个花碌碌纸榜，不似那答儿闹穰穰人多。

　　[六煞]见一个人手撑着椽做的门，高声的叫"请请"，道"迟来的满了无处停坐"。说道："前截儿院本《调风月》，背后幺末敷演《刘耍和》"。高声叫："赶散易得，难得的妆合。"

　　[五煞]要了二百钱放过咱，入得门上个木坡，见层层叠叠团圞坐。抬头觑是个钟楼模样，往下觑却是人旋涡。见几个妇女向台儿上坐，又不是迎神赛社，不住的擂鼓筛锣！

　　[四煞]一个女孩儿转了几遭，不多时引出一伙。中间里一个央人货，裹着枚皂头巾，顶门上插一管笔，满脸石灰更着些黑道儿抹。知他待是如何过？浑身上下，则穿领花布直裰。

[三煞] 念了会诗共词，说了会儿赋与歌，无差错。唇天口地无高下，巧语花言记许多。临绝末，道了低头撮脚，爨罢将幺拨。

[二煞] 一个妆作张太公，他改作小二哥，行行行说向城中过。见个年少的妇女向帘儿下立，那老子用意铺谋待取做老婆，教小二哥相说合。但要的豆谷米麦，问甚布绢纱罗！

[一煞] 教太公往前挪不敢往后挪，抬左脚不敢抬右脚，翻来覆去由他一个。太公心下实焦傈，把一个皮棒槌则一下子打作两半个。我则道脑袋天灵破，则道兴词告状，划地大笑呵呵。

[尾] 则被一泡尿，爆的我没奈何。刚揎刚忍更待看些儿个，枉被这驴颓笑杀我。

　　此套曲以一庄稼汉口吻，自述其秋收后进城买纸火时看戏的见闻。这个不懂不识的庄稼汉朴实乐观，带有童稚般的天真和傻气，从他眼中展露的戏曲演出的排场节目，更是别具情趣。全套曲的情感基调是愉悦的、轻松的。

　　篇中虽然写农民对城市生活的无知，但没有丝毫的丑化讥讽之意，却近于善意的嘲弄。曲文描摹的人物场景，历历在目，又纯用口语，生动活泼，颇近民间说唱风格。

　　此曲用语幽默诙谐，体现了早期散曲本色质朴的特色，一些看来粗俗或者不宜入文的市民和乡间的通俗话语，如"花碌碌纸榜""闹穰穰人多""但要的豆谷米麦""则被一泡尿，爆的我没奈何""枉被这驴颓笑杀我"等皆被作者摄入曲中，不但没有粗俗的感觉，反而倍感十分亲切。

　　杜仁杰另辟蹊径利用谐谑多端的笔调，细腻贴切地模拟出庄稼汉的心理活动和心理变化，尤其是最后［尾］曲，刻画出庄稼汉想看戏剧却不得不中途退场的矛盾且无奈的心理，制造出无与伦比的滑稽效果。

　　此套曲由［耍孩儿］、六只［煞］［尾声］3部分构成，以一个乡村农民独特视角为切入点，以空间转换为线索，层层深入地展现了当时元杂剧的具体演出形制。

首曲中的"纸榜"即勾栏的广告宣传，直接吸引了懵懂好奇的庄稼汉，[六煞]描述门人招揽观众的情景，[五煞]勾勒勾栏的内部结构，[四煞]与[三煞]描绘正式演出的开场及开场演唱，[二煞]与[一煞]叙述《调风月》的演出。

该曲高度口语化的代言叙述方式、滑稽戏谑的风格、丰富活泼的语言对后世散曲的创作产生了深远的影响，成为此类风格的开山之作。

[般涉调·耍孩儿]《喻情》也体现了杜仁杰散曲语言的这种"善谑"特色，此套曲通篇用村言俗语写成，运用直白浅俗的比喻和歇后语，谐谑逗人，绝妙至极，笔触老辣而有谐趣：

[四]唐三藏立暮铭空费了碑，闲槽枋里躲酒无巴避。悲田院里下象无钱递，左右司蒸糕省做媒。蓼儿洼里太庙干不济，郑元和在曲江边担土，闲话儿把咱支持。

[三]泥捏的山不信是石，相扑汉卖药干陪了擂。镜台前照面你是你，警巡院倒了墙贼见贼。大虫窝里蒿草无人刈，看山瞎汉，不辨高低。

[二]小蛮婆看染红担是非，张果老切绘先施鲤。布博士踏鬼随机而变，囊大姐传神反了面皮。沙三烧肉牛心儿炙，没梁的水桶，挂口休提。

此套曲写女主人被遗弃后的内心痛苦、懊恼和诅咒之情，痛斥男性朝三暮四玩弄女子的恶劣品质，有着世俗社会的典型意义。

曲中大量运用俗语、方言、典故、双关等，描摹出失恋女子恼恨的心态，栩栩如生地塑造出一个胆大泼辣却又心烦意乱的女性形象，充分表现出作者高超的语言技巧与"善谑""善骂"的特点。

语言淡雅明快，情感愉悦积极，偶有通俗言语，营造出热闹欢快的情境，完整地记录了其生活地域七夕宴的细节和七夕特有的习俗，表现出谐趣截然不同散曲风格。

在元曲创作向雅致化方向发展的同时，杜仁杰以俗语、俗言、方言入曲，开辟了世俗谐趣类散曲的先河，其为人为文被时人津津称道，被誉为"独擅才名四十年"的"一代人文"。

杜仁杰文学功底深厚，平生酷爱诗歌，与元好问、刘祁、胡祗通、王恽等当世名士多有唱和、交游。他本是金代遗民，与元好问相交甚深。元好问曾向元朝推荐保举杜仁杰等54人入朝为官。

可杜仁杰不屑仕进，婉言谢绝了朝廷的多次任用，曾上谢表道："若求仕于致仕之年，恐无其理。不能为白居易，漫法香山居士之名；唯愿学陆龟蒙，拜赐江湖散人之号。"

杜仁杰这种不为五斗米折腰，不肯摧眉侍权贵的刚正品格，是他的作品，特别是散曲"善谑"的根源所在。"善谑"是他在社会黑暗中所采取的独特表达方式。对于杜仁杰这种淡泊名利的高洁品质，时人景仰不已，尊称其为"杜征君"。

知识点滴

王和卿独树一帜的散曲

王和卿，河北大名人，他与大戏曲家关汉卿是同时代人，但比关汉卿离世早。据说两人相交甚好，元代陶宗仪《南村辍耕录》记载："时有关汉卿者，亦高材风流人也，王常以讥谑加之，关虽极意还答，终不能胜。"明朱权《太和正音谱》将王和卿列于"词林英杰"150之中。

王和卿是金元之际最重要的散曲家，也是散曲

"打油体"的代表，现有散曲小令21首，套曲两篇及残曲［黄钟·文如锦］，保存在《太平乐府》《阳春白雪》《词林摘艳》等集中。

王和卿性格乐观豁达，为人诙谐，喜欢戏谑，其散曲也多具"滑稽佻达"的艺术风格。陶宗仪在《南村辍耕录》中说他"滑稽佻达，传播四方"。

王和卿在元初散曲家中表现出独树一帜的"风采"，他在选材上以丑作乐，在意趣上以俗为归，语言也多浅俗刻薄，对元曲浅白本色的语言风格的形成产生了深刻的影响。

王和卿 "滑稽佻达"的性格在他的散曲作品中有所反映，其中尤以［仙吕·醉中天］《咏大蝴蝶》最突出，同时，这首曲子也是王和卿最为知名的代表作：

弹破庄周梦，两翅驾东风，三百座名园一采一个空。难道风流种，唬杀寻芳的蜜蜂？轻轻地飞动，把卖花人扇过桥东。

大意是：挣破了那庄周的梦境，到现实中，硕大的双翅驾着浩荡的东风。把300座名园里的花蜜全采了一个空，谁知道它是天生的风流种，吓跑了采蜜的蜜蜂。翅膀轻轻扇动，把卖花的人都扇过桥东去了。

曲子让人容易由蜂蝶采花联想到情场艳事，滑稽诙谐之趣也便油然而生。同时，一只蝴蝶被夸张得如此硕大、风流和强悍，也给人滑稽诙谐之感。

此曲综合运用了想象、夸张、比喻、象征的艺术手法，荒诞滑

稽地写出了一个超级"风流种"所具有的非凡神力，作者擅用夸饰之巧譬善喻，运用"庄周梦蝶"的故事，将现实世界转化为想象天地，以"弹破庄周梦"破题，运用"物化"承转的自由观念，赋予"大蝴蝶"神秘的色彩，开拓想象的意涵与空间。

其次则以"两翅驾东风""轻轻飞动""把卖花人扇过桥东"等句夸饰其翅，隐含《逍遥游》之趣。此蝴蝶颇有"翼若垂天之云"之大鹏鸟的意象，在转化后，其形轻巧逍遥，惊破现实，将采蜜的蜂惊吓煞，卖花为生的人被扇过桥东，犹不知所以，充分表现元曲谑浪诙谐之趣。

此曲语言诙谐风趣，生动幽默，具有民间歌谣活泼而有生气的精神，也有比较醇厚的俗谣俚曲色彩。

晚明著名曲学家王骥德《曲律·论咏物第二六》就特别推崇欣赏散曲创作中这样一种非是而是、不粘著于物的开篇技巧。

在《曲律·论咏物第二六》说："元人王和卿《咏大蝴蝶》……只起一句，便知大蝴蝶。下文势如破竹，无一句不是俊语！"

王骥德有一首散曲〔拨不断〕《大鱼》也以神奇的想象、惊人的夸张、通俗的语言，诙谐地夸写大鱼胜过神鳌的伟力，与〔仙吕·醉中天〕《咏大蝴蝶》有异曲同工之妙：

胜神鳌，夯风涛，脊梁上轻负着蓬莱岛。万里夕阳锦背高，翻身犹恨东洋小。太公怎钓？

此大鱼"翻身犹恨东洋小。太公怎钓"。使人联想到这是沦落到

社会底层的文人们自身行为的一种无奈的解嘲与解脱，充分地体现其玩世不恭的文人气质。

王和卿抹去了传统文学的高雅光环，毫无顾忌把最粗俗的题材引入散曲，如《王大姐浴房吃打》《咏秃》《胖妓》，以及《绿毛龟》《长毛小狗》这些传统文学向来不取的世俗景态，即使用"俗人"之眼观之，恐怕也是"丑"，但却被王和卿摄入曲中。

王和卿将滑稽调侃之风，以及"丑恶"之物等不同于传统诗歌的"本色"成功地摄入曲中，达到了一定的高度，正说明这种风格乃是一种时代的文学之潮，是值得推崇和借鉴的。

知识点滴

　　王和卿的［仙吕·醉中天］《咏大蝴蝶》所歌咏的主体——大蝴蝶，确实曾见于燕市，因此元代人陶宗仪《南村辍耕录》卷二十三道："中统初，燕市有一蝴蝶，其大异常。"王赋《醉中天》小令云："挣破庄周梦，两翅驾东风。三百处名园，一采一个空。难道风流种，吓杀寻芳蜜蜂。轻轻地飞动，卖花人，扇过桥东。"由是其名益著。此曲并不完全是作者自况风流之作，亦是元代社会现实一类现象的隐喻象征，"大蝴蝶"乃当时"权豪势要""花花太岁""浪子丧门"的化身，"三百座名园，一采一个空"之句，也正是作家关汉卿笔下鲁斋郎、葛皇亲、杨衙内等糟蹋妇女的真实反映和写照。

元散曲繁

从1267年，开始扩建元大都至1321年的50多年间，是元曲发展的黄金时期，著名作家有关汉卿、白朴、卢挚、姚燧、王恽、马致远等。"元曲四大家"关汉卿、白朴、马致远、郑光祖，这一时期出现了3位。

这一时期又可分为始盛期和鼎盛期。始盛期，是元曲刚从民间的通俗俚语进入诗坛，有鲜明的通俗化口语化的特点和豪放爽朗、质朴自然的情致。

鼎盛期，元曲的创作中心向江南转移，始盛期的作家大都还在从事创作，而且卢挚、马致远等一批散曲大家进入创作高峰，并且元曲的创作开始出现一定的雅化倾向。

关汉卿辉煌灿烂的成就

关汉卿约出生于1220年，号已斋、已斋叟。他性格秉直，由金入元，"不屑仕进"。关汉卿擅长杂剧、散曲创作，在曲作方面取得了辉煌的成就，他的散曲丰富多彩，既有"豪辣灏烂"之作，又多妖娇婉丽之语，对元散曲的发展起到了至关重要的作用。

关汉卿在元代至元年间、大德初年活跃于大都的杂剧创作圈，是玉京书会里赫赫有名的书会才人。他和杂剧作家杨显之非常交好，与戏曲名家梁进之是"故友",又与性格"滑稽佻达"的散曲家王和卿来往密切,与艺人歌妓亦有相当亲密的接触。

关汉卿创作了很多曲作,流传下来的散曲有57首,套数13套,内容主要是自述身世、直抒胸臆;描写男女恋情,抒发离愁别恨;描绘世俗物景,抒写闲适之意;等等。

关汉卿在元代初年严酷的现实下,虽然寄情于戏剧、散曲等文学创作,但内心却是十分苦闷的,[南吕·一枝花]《不伏老》所表现的是关汉卿思想的一个侧面:

[尾]我是个蒸不烂煮不熟捶不扁炒不爆响当当一粒铜豌豆。恁子弟每谁教你钻入他锄不断斫不下解不开顿不脱慢腾腾千层锦套头。我玩的是梁园月,饮的是东京酒,赏的是洛阳花,攀的是章台柳。我也会围棋、会蹴鞠、会打围、会插科、会歌舞、会吹弹、会咽作、会吟诗、会双陆。你便是落了我牙,歪了我口,瘸了我腿,折了我手,天赐与我这般儿歹症候,尚兀自不肯休。则除是阎王亲自唤,神鬼自来勾,三魂归地府,七魄丧冥幽。天那,那世间才不向烟花路儿上走。

此曲重彩浓墨，层层晕染，集中而又夸张地塑造了浪子的形象，可谓是作者的一份"浪子"宣言，曲中作者历数自己的多才多艺，却又刻意渲染出放荡游戏和玩世不恭的人生态度，内里是对当时压抑人才的社会的抗议与挑战，是以他为代表的书会才人的精神写照。

此曲在艺术上也很有特色。曲中一系列短促有力的排句，节奏铿锵，具有精神抖擞、斩钉截铁的意味。全曲把衬字运用的技巧发挥到了极致，如首两句，作者在本格七、七句式之外，增加了39个衬字，使之成为散曲中少见的长句。

而这些长句，实际上又以排列有序的一连串三字短句组成，从而给人以长短结合、舒卷自如的感觉。这种浪漫不羁的表现形式，恰能表达浪漫不羁的内容，以及风流浪子无所顾忌的品性。

关汉卿经常活动于歌伎舞女之间，与地位低微的伶人惺惺相惜，与当时著名杂剧演员朱帘秀、顺时秀，以及朱帘秀的弟子赛帘秀、燕山秀及侯耍俏、黑驹头等都有亲密的接触，特别是与朱帘秀的交往最为密切。

［南吕·一枝花］《赠朱帘秀》是一首充满深情的寄赠之作：

［一枝花］轻裁虾万须，巧织珠千串。金钩光错落，绣带舞蹁跹。似雾非烟，妆点就深闺院，不许那等闲人取次展。摇四壁翡翠浓阴，射万瓦琉璃色浅。

［梁州］富贵似侯家紫帐，风流如谢府红莲，锁春愁不放双飞燕。绮窗相近，翠户相连，雕枕相映，绣幕相牵。拂苔痕满砌榆钱，惹杨花飞点如绵。愁的是抹回廊暮雨萧萧，恨的是筛曲槛西风剪剪，爱的是透长门夜月娟娟。凌渡殿前，碧玲珑掩映湘妃面。没福怎能够见？十里扬州风物妍，出落着神仙。

［尾］恰便似一池秋水通宵展，一片朝云尽日悬。你个守

户的先生肯相恋，煞是可怜，则
要你手掌里奇擎着耐心儿卷。

　　此曲表面上是歌咏珠帘的秀美，
实际上暗用谐音，礼赞朱帘秀的才情
技艺与绰约风姿，更表达自己对这位
杂剧名家的倾慕和爱恋。此曲俊语如
珠，美艳绝伦。

　　关汉卿散曲中，男女恋情的题材
有很多，且占据了重要地位，这类曲
作写得"深刻细腻"，且"浅而不
俗，深而不晦"，雅俗共赏，尤以刻画女子细腻微妙的心理活动和生
动传情的神态见长，如［正宫·白鹤子］：

　　　花边停骏马，柳外缆轻舟。湖内画船交，湖上骅骝骤。
　　　鸟啼花影里，人立粉墙头。春意两相牵，秋水双波溜。香焚
　　　金鸭鼎，闲傍小红楼。月在柳梢头，人约黄昏后。

　　曲作犹如一首小诗，轻灵隽永，使人感到似有泪珠儿在女子眼中
闪烁。"月在柳梢头，人约黄昏后。"化用欧阳修《生查子·元夕》
"月上柳梢头，人约黄昏后"词句，意境幽美。

　　再如［双调·大德歌］4首中的一首：

　　　俏冤家，在天涯，偏那里绿杨堪系马。困坐南窗下，数

对清风想念他。蛾眉淡了教谁画?瘦岩岩羞带石榴花。

开头就是"俏冤家"这个极其亲昵的称呼,少妇对远方情人的爱恋之切、思念之切、疑虑幽怨之情尽数而出,也表达了对往日美好恩爱生活的回味。就全篇来说,可谓点睛之笔。

关汉卿也有描写直露的艳情散曲,写得大胆快意,放情恣肆,如〔仙吕·一半儿〕《题情》:

云鬟雾鬓胜堆鸦,浅露金莲簌绛纱,不比等闲墙外花。骂你个俏冤家,一半儿难当一半儿耍。

碧纱窗外静无人,跪在床前忙要亲。骂了个负心回转身。虽是我话儿嗔,一半儿推辞一半儿肯。

银台灯灭篆烟残,独入罗帏淹泪眼。乍孤眠好教人情兴懒!薄设设被儿单,一半儿温和一半儿寒。

多情多绪小冤家,迤逗的人来憔悴煞。说来的话先瞒过咱,怎知他,一半儿真实一半儿假。

用市井口语和泼辣俚语,将男子的急躁与莽撞、女子的爱怨与娇嗔刻画得惟妙惟肖、神形毕现。

关汉卿的有些散曲,反映了他追求适意的人生哲学。这种适意,不是简单的纵情山水、遥寄田园,而是带有经历了时代沧桑巨变后的理性思索。

关汉卿在〔南吕·四块玉〕《闲适》中对这种适意做出了形象的描绘:

旧酒投，新醅泼，老瓦盆边笑呵呵，共山僧野叟闲吟和。他出一对鸡，我出一个鹅，闲快活。

曲作描写了作者同山僧野叟的吟诗唱和，语言通俗易懂，形象鲜明生动，感情真挚脱俗。

关汉卿的散曲成就是多方面的，既有豪放泼辣之作，又多蕴藉婉丽、美艳娇娆之语，表现出蕴藉风流的个性特点，其蕴藏在作品中的风格和风骨对后来的散曲作家们影响巨大。

知识点滴

儒家思想依然笼罩元代朝野。在文坛，雅文学虽然逐渐失去往日的辉煌，但它毕竟余风尚炽，而俗文学则风起云涌，走向繁荣。关汉卿生活在这样的历史阶段，他的戏剧创作和艺术风貌便呈现出鲜明而驳杂的特色。

一方面，他关心民生疾苦，对大众文化十分热爱；另一方面，在建立社会秩序的问题上，他认同儒家仁政学说，甚至还流露出对仕进生活的向往。

就关汉卿全部文学创作的风格而言，既不全俗，又不全雅，而是俗不脱雅，雅不离俗。就创作的态度而言，他既贴近下层社会，敢于为人民大声疾呼，却又不失厚人伦、正风俗的儒学旨趣。

他是一位勇于以文学创作来干预生活积极入世的作家，又是一位倜傥不羁的浪子，还往往流露出在现实中碰壁之后解脱自嘲、狂逸自雄的心态。

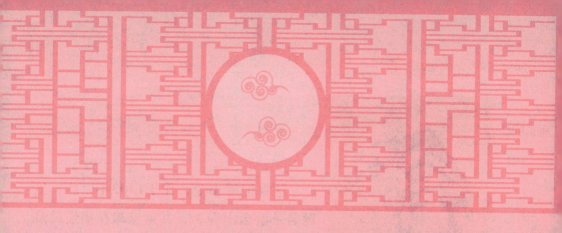

王恽以诗为曲开雅化先河

王恽，字仲谋，别号秋涧，河南卫州汲县人。他的祖父和父亲都在金代为官。在王恽还年幼的时候，金代就灭亡了。王恽好学不倦，20岁左右就已经以文章名扬一时。1260年，辟为详议官，从此步入仕途。

王恽和大多数贫困潦倒的元代文人不同，他一生官运亨通，生计无忧，身居庙堂而心游江湖。［正宫·黑漆弩］《游金山寺》是他的代表作：

苍波万顷孤岑矗，是一片水面上天竺。金鳌头满咽三杯，吸尽江山浓绿。蛟龙虑恐下燃犀，

风起浪翻如屋。任夕阳归棹纵横，待偿我平生不足。

这首记游小令，作于1302年以前，虽题名《游金山寺》，其重点却在描绘风浪的险恶和金山的矗立，恰似一幅气势雄浑的金山观涛图。前两句描写地势的雄伟奇壮，三四句则写登上金鳌峰，对江豪饮，豪情喷涌而泄。五六句用典，说蛟龙害怕"燃犀"，于是兴风作浪，因此出现了惊涛拍岸之景。

此曲想象丰富，境界廓大，气象苍劲雄浑，体现出作者开阔的胸襟和乐观进取的情怀。

王恽的散曲，有一些写得轻松明快，如［越调·平湖乐］：

采菱人语隔秋烟。波静如横练，入手风光莫流转，共留连。画船一笑春风面。江山信美，终非吾土，问何日是归年？

这是作者1272年以承直郎出判平阳路，任上所作。作者以白描手法，形象生动地写出采莲人怀念故乡的情思。前段写他乡之美，但"终非吾土"，点出归意。用风光旖旎妩媚的水乡之景反衬苦闷思归的心情。

景色写得越美，越能反衬思乡之烈，归心之切。用反衬的手法，抒发了强烈的思归之情。诗人以"江山信美，终非吾土"表达了身处异乡的孤寂，用"何日是归年"直接抒发了强烈的思归之情。

金末元初，社会动荡不安，在这种特殊环境下，王恽希冀人们能够有风调雨顺、天下大治的富足生活。他在出判平阳路时，又作有〔越调·平湖乐〕《尧庙秋社》：

社坛烟淡散林鸦，把酒观多稼。霹雳弦声斗高下，笑喧哗，壤歌亭外山如画。朝来致有，西山爽气，不羡日夕佳。

此曲写尧庙祭神庆丰收的欢乐场景，抒写作者为民谋福，与民同乐的志向。本曲遣词雅致，善用典故，朴素本真。

王恽的散曲善于化用唐人诗句，如咏史叹世之作〔正宫·双鸳鸯〕《乐府合欢曲》9首，即是其阅读《开元遗事》和观赏金人任南麓《华清宫图》时"去取唐人诗而为之"，咏写唐玄宗开元遗事，看其中的3首：

驿尘红，荔枝风，
吹断繁华一梦空。玉辇

不来宫殿闭，青山依旧御墙中。

乱横戈，奈君何，扈从人稀北去多。尘土已消红粉艳，荔枝犹到马嵬坡。

雨霖铃，却归秦，犹是张徽一曲新。长记上皇和泪听，月明南内更无人。

此3曲都是化用唐人诗句而成，书卷气很重，诗意醇厚而曲味寡淡。

王恽反对散曲"劝淫为侠"，因此，他的散曲从不涉及艳情。即使涉及，也绝无元曲的艳丽和妖娇之态，如［正宫·双鸳鸯］《柳圈辞》：

暖烟飘，绿杨桥。旋结柔圈折细条。都把发春闲懊恼，碧波深处一时抛。

野溪边，丽人天，金缕歌声碧玉圈。解袚不祥随水去，尽回春色到樽前。

问春工，二分空，流水桃花飏晓风。欲送春愁何处去？一环清影到湘东。

步春溪，喜追陪，相与临流酹一杯。说似碧茵罗袜客，远将愁去莫徘徊。

秉兰芳，俯银塘，迎致新祥祓旧殃。不似汉皋空解珮，归时襟袖有余香。

醉留连，赏春妍，一曲清歌酒十千。说与琵琶红袖客，好将新事曲中传。

这组散曲共6首，6首小令各有特色，均清丽婉约，典雅纯真，诗情画意，带有小词的旖旎婉曲的风味。用语含蓄、委婉，言尽意未穷。

王恽的散曲豪迈爽劲，典丽雅重，是元散曲以诗为曲的典型代表，这与他的曲学观念密切相关。他认为："昔汉儒家畜声妓，唐人例有音学。而今之乐府，用力多而难为工。纵使有成，未免笔墨劝淫为侠耳。渠辈年少气锐，渊源正学，不致费日力于此也。"

王恽的散曲，意境和语言更接近诗词，而少了一些散曲应有的口语特色和活泼气氛，如［仙吕·后庭花］《晚眺临武棠》的前4句"绿树连远洲，青山压树头。落日高城望，烟霏翠满楼"像绝句；［越调·平湖乐］"安仁双鬓已惊秋，更甚眉头皱。一笑相逢且开口，玉为舟，新词淡似鹅黄酒。醉归扶路，竹西歌吹，人道似扬州"像词，实际上已经开了后期散曲逐渐雅化的先河。

王恽一生勤奋好学，汇通经史百家之学，诗、词、散曲在当时都有很高的声誉。王恽以传统的诗词观念进行散曲创作，呈现出以诗为曲的特征。

其散曲主要围绕宴游、议古而作，较少抒怀言志，更无元散曲中常见的咏唱男女风情、愤世嘲谑之作。风格豪放雅健，善于化用前人名句。

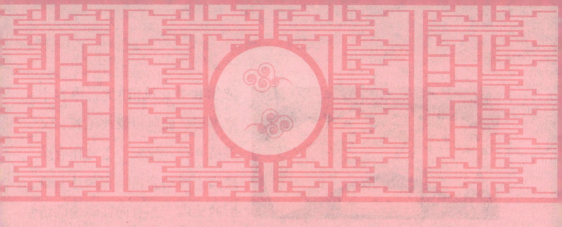

姚燧自成一家的散曲创作

姚燧，字端甫，号牧庵，祖籍营州柳城，后迁河南洛阳。在3岁时，父母就离世了，由伯父元初名臣、理学家姚枢养大成人，曾拜名儒许衡为师。

姚燧身历世祖、成宗、武宗、仁宗4个朝代，仕途一帆风顺，历任大司农丞、江东廉访使、江西行省参知政事、太子宾客、太子太傅等职。

姚燧以文著名，明宋濂撰《元史》，称其为"为文宏肆该洽，豪而不宕，刚而不厉，春容盛大，有两汉风，宋末弊习为之一变"。

姚燧的散曲存小令29首，套数一套。内容主要有言志抒怀、写景

咏物和男女风情3类，内容丰富多姿，曲风以豪放见长，又多格并存。抒发心志之作有踌躇满志时的豪情，有豁达参悟后的感喟，亦有向往隐逸的情思，豪迈洒脱，磅礴大气。

描摹咏叹之作有清风晓月的素雅，有"烟笼浅沙"的淳朴，亦有舟拨涟漪的情趣，古朴清雅，富于机趣。男女风情之作有千里相思的缠绵，有依依惜别的眷恋，亦有似嗔还喜的娇羞，清新雅致，风流蕴藉。其早年作品［中吕·阳春曲］便是抒发个人情怀的代表：

> 墨磨北海乌龙角，笔蘸南山紫兔毫，花笺铺展砚台高。
> 诗气豪，凭换紫罗袍。

这首曲借助所用笔墨纸砚的珍奇名贵，表达所作诗文的非同一般，作者对自我才能的高度自信与博取功名的豪情壮志在曲中溢于言表。

［双调·寿阳曲］《咏李白》是展现作者豪放气韵的代表作：

> 贵妃亲擎砚，力士与脱靴。御调羹就飧不谢。醉模糊将
> 吓蛮书便写，写着甚杨柳岸晓风残月。

诗仙李白本清高孤傲，不侍权贵。作者将贵妃捧砚磨墨、高力士脱靴解袜、唐玄宗御手调羹及太白醉草吓蛮书这四件逸事合写，突出

了诗仙豪迈奔放的个性和傲视权贵的气度。

这首小令末句尤奇，明明写的是风月旖旎的内容，却被番使惊为示威的天书，为之折服。姚燧此曲借咏李白来抒发自己的意气风发的豪情，纵横捭阖，充满谐趣。

姚燧的言志感怀之作往往有一种矛盾的心理，既有志于功名，也向往宁静闲适，〔中吕·满庭芳〕就表现了这一矛盾的心理：

> 天风海涛，昔人曾此，酒圣诗豪。我到此闲登眺，日远天高。山接水茫茫渺渺，水连天隐隐迢迢。供吟笑，功名事了，不待老僧招。

这首小令是登高眺望大海之作。全曲写阔大场景，不屑于细小节目，很有气魄，很有境界。但文人气息甚浓，不像散曲，而更像一首豪放派笔下的词。这正是上层文人散曲的特点。

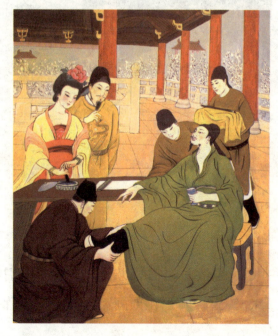

"日远"引用东晋明帝"日近长安远"的典故，喻指向往京师而不能达到，"天高"则用杜甫"天意高难问，人情老易悲"的诗意，表达壮志未酬之慨。

在姚燧的思想中，仕途和归隐的想法都有，但是仕途的思想是占上风的，随着

年龄的增大，姚燧归隐林泉之念越来越变得强烈了，如［中吕·醉高歌］《感怀》：

> 十年燕月歌声，几点吴霜鬓影。西风吹起鲈鱼兴，已在桑榆暮景。

全曲对仗工整，以平淡俭省的语言概括了几十年的人生得失，进而引用典故，抒发了归隐之思。此曲苍凉古雅，诗味浓厚，惆怅之隋、迟暮之感，纷至沓来，充分体现了姚燧"一以经史为师，淡丽而不谀，奥雅而雄深"的行文理念。

姚燧的一些写景的散曲，清新可爱，如［双调·拨不断］《四景》4首其二：

> 芰荷香，露华凉，若耶溪上莲舟放。岸上谁家白面郎，舟中越女红裙唱，逞娇羞模样。楚天秋，好追游，龙山风物全依旧。破帽多情却恋头，白衣有意能携酒，好风流重九。

姚燧散曲在描写男女风情、离愁别绪方面亦极具特色。风流蕴藉，清秀婉丽，在刻画人物心理上堪称一绝，如［越调·凭阑人］

《寄征衣》：

> 欲寄君衣君不还，不寄君衣君又寒。寄与不寄间，妾身
> 千万难。

　　这首小令在构思上的主要特点，是通过对闺妇在寒冬到来时给远方征人寄军衣的矛盾心理的刻画，表现了妇人的复杂微妙的心理，寄与不寄都渗透了深挚的感情。

　　姚燧以浅白的口语把少妇思念与体贴丈夫的心情表达得极其委曲与深刻。文字直白，感情丰厚，平中见奇，堪称是大家手笔。

　　姚燧写与人话别的小令，还注重离别情景的描写，通过截取具有诗情的画面，把刹那间的澎湃相思、愁肠百结等意态生动地表现出来，如〔中吕·醉高歌〕《感怀》：

> 岸边烟柳苍苍，江上寒波漾漾。阳关旧曲低低唱，只恐
> 行人断肠。

　　此曲开头两句通过"烟柳"与"寒波"写江边苍茫的景色，衬托与友人难离难舍的悲怆。后两句是写送行人唱曲的心境。小曲写得情景交融，含蓄而有韵味，构思精巧。

　　姚燧写情的散曲中，有一些非常俚俗，构思也出人意表，如套数〔双调·新水令〕《冬怨》中的〔太平令〕和〔尾声〕：

> 悔当日东墙窥宋，有心教夫婿乘龙。见如今天寒地冻，知

他共何人陪奉？想这厮指空、话空、脱空，巧舌头将人搬弄。

　　[尾声]这冤仇怀恨千钧重，见时节心头气拥。想盼的我肠断眼睛儿穿，直揾的他腮颊脸儿肿！

　　姚燧在散曲中书写深沉的人生感悟和高雅的志怀，表现出传统士大夫的思想情趣，风格豪迈浑厚，又"不能设一格待之"，反映了他散曲的多样性。

知识点滴

　　姚燧喜爱游历山水。在《别丁编修序》中，他说："自历荆宪至今，其间望舒二十四弦晦。居府者三之一，而水陆舟马周历乎澧峡、归、鼎五州七县者反居三之二焉。其于江山之清駛奇峭，人才之标特秀异，实若富于心中。"

　　在《圣元宁国路总管府兴造记》中，他又说："燧思士生文轨混同之时，亦千载之旷遇，江山之形胜，风土之微恶，民俗之浇淳，必一就观。"

　　姚燧一生南北迁徙数次，足迹几乎遍布全国。可以考知的有长沙、武昌、龙兴、九江、彭蠡、铜陵、湖口、岳阳、金陵、杭州、旌德、江州、会稽、吴城、扬州等地，其中武昌、龙兴、吴城等地他都到过多次。

　　秀丽多姿的山水风光和丰富多彩的民俗风情不但扩大了他的视野，丰富了他的社会阅历，也陶冶了他的情操和品格。在游历中，姚燧留下了大量的文学作品，也使他的散曲小令带上了民间色彩。

卢挚清新飘逸的散曲风格

卢挚，字处道，一字莘老，号疏斋，又号蒿翁，河北省涿县人。他是元代初年仕途比较顺利的少数汉人之一，他在20岁左右，由诸生进身为元世祖忽必烈的侍从之臣，从此步入仕途，历任陕西提刑按察使、河南府路总管，后至翰林承旨。

卢挚诗、词、文、曲皆擅，尤以散曲闻名。卢挚的散曲有"踵金宋余习，率皆粗豪衰苶，涿郡卢公始以清新飘逸为之倡"的评价，可

见其散曲风格基本倾向是清丽飘逸的，卢挚也被定为元朝前期清丽派的重要代表曲家。

卢挚足迹遍及河北、陕西、河南、湖南等地，与散曲家白朴、姚燧、马致远、张可久等都有交往，与当时大都著名杂剧女演员朱帘秀往来密切且多有唱和。卢挚散曲有小令120首，残曲一首。

卢挚散曲题材非常广泛，几乎涉及咏史怀古、乐隐闲居、男女恋情、写景咏物等元代散曲的所有领域，其中尤以咏史怀古的题材数量最多，约占作品总数的四分之一。

经历元初这样一个饱经战乱之苦的特殊时期，卢挚其曲借思古之幽情，悟世态之翻覆，叹人生之虚幻，慨时势之兴替，如［双调·蟾宫曲］《京口怀古·镇江》：

道南宅岂识楼桑，何许英雄，惊倒孙郎。汉鼎才分，流延晋宋，弹指萧梁。昭代车书四方，北溟鱼浮海吞江。临眺苍茫，醉倚歌鬟，吟断寒窗。

此曲前3句写的是210年刘备来到京口见孙权。周瑜建议孙权扣留刘备，孙权没有采纳周瑜的建议这段史实，笔触凝练。3句后面是作者抒发因景而生的情怀。

一介书生，面对这波浪壮阔的社会大变革，毫无办法。一个富于进取精神的历史主题，最后却被一种悲痛难诉的凄婉色彩所笼罩，反映了作者在异族统治下，不满现实却又无可奈何的思想感情。整个调子是低沉的。

卢挚的这类咏怀历史遗迹的散曲以［双调·蟾宫曲］怀古为题者

共17首，抒发了历史更替与世事沧桑之感。

又如作品［双调·寿阳曲］《夜忆》：

窗间月，檐外铁，这凄凉对谁分说。剔银灯欲将心事写，长吁气把灯吹灭。

意思是说：明月当窗，檐马作响，引起深沉的意念。把灯剔明，打算将心事写出来，忽然长叹一声，又将灯吹灭。用细腻的动作含蓄委婉地描写了主人公心事的凄凉、沉重。

此外，卢挚的散曲对张丽华、西施、绿珠、杨贵妃、萧娥、苏小卿、巫娥、商女等古代女子也有咏悼，其命意是借题发挥，或借佳丽悲剧命运感叹帝王因"万劫情缘"而亡国，或借红颜薄命感慨"料想人生，乐事难终"，如［双调·蟾宫曲］《丽华》就是一个典型的代表。

卢挚擅长写男女恋情。他写男女之情的散曲，俗中见雅，清雅之气贯穿始终。他曾作［双调·蟾宫曲］《醉赠乐府朱帘秀》一曲，对

女艺人朱帘秀的仪态、才情、技艺给予了高度赞美，写出了朱帘秀超凡脱俗的娴雅风度，表现出对朱帘秀的情感。分手时他又作〔双调·寿阳曲〕《别朱帘秀》：

才欢悦，早间别，痛煞煞好难割舍。画船儿载将春去也，空留下半江明月。

朱帘秀是元代著名的杂剧女演员，《青楼集》中说她"杂剧为当今独唱独步"。当时的文人如关汉卿、卢挚、冯子振等人都与她有交往。这首小令语短情长，耐人咀嚼。全曲雅俗相融，读来亲切自然，毫无做作之气，寥寥数句，却情真意切。

据说，朱帘秀在读此曲后，也用原曲牌作了《答卢疏斋》，情恨绵绵，感人至深，也留下了一段曲坛佳话。

卢挚虽身居高位，但始终向往一种"乐以忘忧"的人生境界，因此他的散曲也多表达乐隐闲居的情志。此类散曲虽赞赏淡泊闲适的生活意趣，但是他向往的不是远离人间烟火的林泉深壑，而是充满生活情趣、淳朴而亲切的田园风情，如〔双调·蟾宫曲〕《田家》：

沙三伴哥来嗏，两腿青泥，只为捞虾。太公庄上，杨柳阴中，磕破西瓜。小二哥昔涎刺塔，碌轴上淹着个琵琶。看荞麦开花，绿豆生芽，无是无非，快活煞庄家。

沙三、伴哥是元曲中常见的诨名，形象多为农村的毛头小伙子，粗劣、冒失、缺乏教养。但这支散曲却是表现他们的顽皮可爱。此曲是当时农村质朴生活的剪影，用朴实的口语刻画了3个农村少年的生动形象。

这支小令细腻而亲切，洋溢着浓郁的生活气息。此曲明写农村的情趣生活，却隐含着作者对官场钩心斗角竞争的反感及对隐居平和生活的向往。

描景咏物一类的散曲在卢挚散曲中占据很多。他的散曲往往以自然轻松之笔描绘明丽的景物，风格清丽妩媚，如［双调·湘妃怨］《西湖》重头小令四首，分咏西湖四季之美景，其《冬》：

梅梢雪霁月芽儿，点破湖烟雪落时。朝来亭树琼瑶似，笑

渔蓑学鹭鸶，照歌台玉镜冰姿。谁俘倦鸱夷子，也新添两鬓丝，是个淡净的西施。

此曲将冬日西湖夜雪初晴、银装素裹的绰约风姿表现得淋漓尽致。作者欲写冬日西湖，便抓住西湖的雪景加以描绘。

作者以比喻、拟人手法咏西湖雪霁，赋予西湖以淡净恬适的性格特征，给人以清丽淡雅、赏心悦目之感，令人心驰神往。再如〔双调·沉醉东风〕《秋景》：

挂绝壁松枯倒倚，落残霞孤鹜齐飞。四周不尽山，一望无穷水，散西风满天秋意。夜静云帆月影低，载我在潇湘画里。

此曲化用李白之诗、王勃之文的句意，以清新自然之笔描绘出一幅秋日潇湘的美丽画图，含蕴着作者陶然忘机的情怀。全曲意象明朗，气韵流动，文辞俊朗清丽，不用虚词、衬字，与诗、词的表现手法更接近，体现了疏斋散曲以清雅为主的基本格调。

卢挚可能也想学学陶渊明那样，去过一种"无是无非"的生活，这在他的〔双调·沉醉东风〕《闲居》中可以看得出来。

雨过分畦种瓜，旱时引水浇麻。共几个田舍翁，说几句庄家话。瓦盆边浊酒生涯。醉里乾坤大，任他高柳清风睡煞。

恰离了绿水青山那答，早来到竹篱茅舍人家。野花路畔开，村酒槽头榨。直吃的欠欠答答。醉了山童不劝咱，白发上黄花乱插。

卢挚作为元初第一位大量写作散曲的名公大臣，其散曲是从词到曲走向成熟的一个重要阶段。正是由于卢挚等有分量的达官文人的有力推动，散曲才成为一种与诗、词并列的文学体裁进入上层社会，进一步被更多的达官文人所认可和接受。

除了散曲，卢挚也擅长写诗、词、文，是元初诗、词、文、曲皆颇负盛名的达官文人，文与姚燧齐名，世称"姚、卢"；诗与刘因比肩，世称"刘、卢"。《录鬼簿》列于"前辈名公"，《太和正音谱》列入"词林英杰"。《新元史》说："元初能文者曰姚、卢。"又说："古今诗体，则以挚与刘因为首。"卢挚尝说："大凡作诗，须用《三百篇》与《离骚》。言不关于世教，义不存于比兴，诗亦徒作。"又道："清庙明堂谓之古，朱门大厦，谓之华屋可也，不可谓之古；太羹玄酒，谓之古，八珍，谓之美味可也，不可谓之古。知此可与言古文之妙矣。"

知识点滴

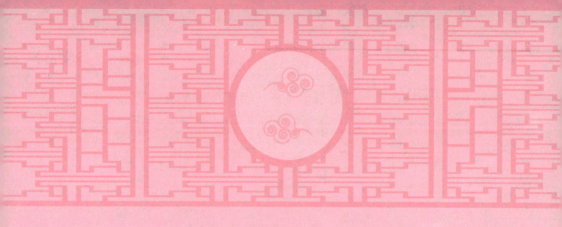

白朴创作标志元曲成熟

白朴，原名恒，字仁甫，后改名朴，字太素，号兰谷。幼时生长于金代的南京，即河南开封，元初久居真定，即河北正定。其父白华在金代官至枢密院判官。

白朴博学多才，诗、词、曲兼擅，尤以杂剧著名。其散曲"俊逸有神，小令尤为清隽"，尤以超脱旷达的叹世隐逸之作为上，是元代散曲走向成熟的标志，在散曲发展史上具有里程碑的意义。

白朴幼年亲历家世荣辱和亡国之难，使他对政治和功利深有戒惧和厌倦之感，故多次拒绝元朝的征召，一生未仕。

青壮年时开始漫游各地，并开始创作，中年以后曾游历江南和杭州一带，55岁时徙居建康，过着与诗酒往还、纵情山水的风雅名士生活。

白朴有散曲小令37首，套曲4篇，大多是描写隐逸生活、自然风光和男女情爱、笑傲尘世之作，风格曲词清新秀丽而不失疏放旷达之风，兼清丽、沉雄之长，语言质朴自然，有些小令颇有民歌风味。

受身世和经历的影响，白朴"恒郁郁不乐"，终生都无法摆脱"山川满目之叹"，这也使他的很多作品带有抑郁不平的意味，如〔喜春来〕《知机》："知荣知辱牢缄口，谁是谁非暗点头。"

在这些作品中，叹世归隐之作占了较大的比例。如〔双调·沉醉东风〕《渔父》：

黄芦岸白蘋渡口，绿杨堤红蓼滩头。虽无刎劲交，却有忘机友，点秋江白鹭沙鸥。傲煞人间万户侯，不识字烟波钓叟。

曲中所写在澄明的秋江上和鸥鹭相与忘机的渔父生涯，表明了作者对现实功名的否定和对遁世退隐生活的向往。然而表面潇洒脱略并

不能完全掩盖作者心中的悲愤，"不识字" 3字即透出其中信息。

强调渔父的不识字可以无忧无虑，可以傲视王侯，所要表现的正是文人对现实生活的压抑之感。像这一类旷达与悲愤交织之作在白朴作品中屡见不鲜。

白朴在咏史叹世的散曲中反复表达着对功名荣辱的人生态度，如〔仙吕·寄生草〕《劝饮》：

长醉后方何碍，不醒时有甚思。糟腌两个功名字，醅淹千古兴亡事，曲埋万丈虹霓志。不达时皆笑屈原非，但知音尽说陶潜是。

这首小令寄托了作者笑傲功名、借酒言志、寄情于曲的人生追求，蕴含着超然于外而哀叹于内、长醉于形而清醒于心的复杂情感，堪称白朴曲中佳品。又如〔中吕·阳春曲〕《知几》：

知荣知辱牢缄口，谁是谁非暗点头。诗书丛里且淹留。闲袖手，贫煞也风流。

今朝有酒今朝醉，且尽樽前有限杯。回头沧海又尘飞。

日月疾，白发故人稀。

不因酒困因诗困，常被吟魂恼醉魂。四时风月一闲身。
无用人，诗酒乐天真。

张良辞汉全身计，范蠡归湖远害机。乐山乐水总相宜。
君细推，今古几人知。

在这首曲中，白朴用典频繁，表达了内心对现实深沉的郁愤和冷
漠，也反映了作者一生寄情诗酒，超然物外的生活追求和人生感悟，
从中可以看出作者漠然处世和淡然功名的思想倾向。

白朴较多涉笔的题材还有写景咏
物和男女恋情，其中写景状物散曲共
有20首，几乎是其现存散曲的一半。
这类散曲富于文采，有清丽淡雅之
美。白朴写景咏物散曲是他寄情山水
的生活写照，如［越调·天净沙］
《春》《夏》《秋》《冬》：

春山暖日和风，阑干楼阁帘
栊，杨柳秋千院中。啼莺舞燕，
小桥流水飞红。

云收雨过波添，楼高水冷瓜
甜，绿树阴垂画檐。纱橱藤簟，
玉人罗扇轻缣。

孤村落日残霞，轻烟老树寒

鸦，一点飞鸿影下。青山绿水，白草红叶黄花。

一声画角樵门，半庭新月黄昏，雪里山前水滨。竹篱茅舍，淡烟衰草孤村。

春、夏、秋、冬四季各有特色，此曲如同一幅描绘四季景致的画卷，曲辞清丽典雅。尤其是写《秋》一曲，意境放旷俊逸，鲜亮明快。

在作者的笔下，原本是寂寞萧瑟的秋景，突然变得五颜六色而多彩多姿。由此可见，白朴的散曲写作技巧有多么高明了。

白朴写景散曲多是借景抒情、情景交融，套曲［双调·乔木查］《对景》最有代表性。通过描写四季景物的循环更替，抒发了作者对人世沧桑、韶华易逝、功名虚幻的无限感慨。

白朴由于长期沦落于市井，因此写下了很多描写男女恋情的散曲，内容多写女子失欢、相思的情感，他善于将失恋女子的心理层层铺叙，并以一种含蓄的手法揭示出来，如［中吕·喜春来］《题情》：

从来好事天生俭，自古瓜儿苦后甜。奶娘催逼紧拘钳，甚是严，越是间阻越情欢。

在这首曲中，作者用生动通俗的语言写出了一个要求冲破封建束缚的少女的形象和心态。"越是间阻越情欢"一句，表现了对生活、情感的独特的感受，很有韵味。

曲中塑造了一对青年男女谈情说爱的情景，大胆泼辣，毫不掩饰地向对方袒露自己的欲望，于浑俗中流淌着可爱可人的本色。语言执着有力，有民歌小调的风味。

白朴一生致力于杂剧、散曲的创作，在散曲方面，他以诗文入曲，于绮丽中含朴质，清新中蕴豪放，代表了元代散曲的最高成就。

元好问是白朴最大的恩人，可以说没有元好问，就不可能有后来的白朴，白朴幼年时值金国覆亡，饱经兵乱，幸亏元好问多方扶持，他才得以能够生存并可以读书。

元好问生活也十分艰辛，但他视白朴犹如亲生，关怀备至。白朴为瘟疫所袭，生命垂危，元好问昼夜将他抱在怀中，竟于得疫后第六日出汗而愈。白朴聪明颖悟，从小喜好读书，元好问对他悉心培养，教他读书问学之经，为人处世之理，使他幼年时就受到了良好的教育。

在得知白朴的父亲白华的下落后，元好问遂将白朴姐弟送归白华，使失散数年的父子得以团聚。父子相见，白华感到极大的快慰。

分别后，元好问一有机会，就每至其家，都要指导他治学门径，曾有诗夸赞白朴说："元白通家旧，诸郎独汝贤。"勉励他刻苦用功，成就一番事业。

知识点滴

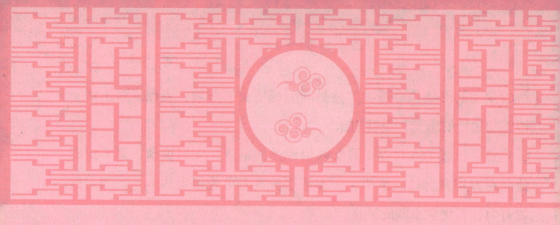

马致远丰富多样的创作

马致远，字千里，汉族人，元代大都，即今北京人。晚年号东篱，以示效归隐名士陶渊明之志。马致远早年热衷于功名，但他的仕途却并不如意，所任最高官职是从五品的江浙行省务官。

马致远杂剧、散曲双绝。他长期沦落于市井之中，在大都加入了元贞书会，成为一名致力于元曲创作的才人。

马致远的散曲流传下来的有小令104首，套数17套，保存在辑本《东篱乐府》。马致远是撰写散曲的高手，是元代散曲大家，有"曲状元"之称。

他的叹世之作能挥洒淋漓地表达情性，在元代散曲作家中，被看作是豪放派的主将，虽然也有清婉的作品，但以疏宕宏放为主，他的语言熔诗词与口语为一炉，创造了曲的独特意境。

在马致远愤世嫉俗、抑郁难平的心绪下，创作了表现愤世嫉俗之作，如著名的［双调·夜行船］《秋思》；描写自然景物之作，如［越调·天净沙］《秋思》，都直接或曲折地表现了一个知识分子在

黑暗社会怀才不遇、厌弃世事、消极隐居的情绪。

他的套数以〔般涉调·耍孩儿〕《借马》最有名，作品塑造了一个爱马如命的吝啬者的形象，特别是对这一形象的心理刻画，非常细腻深刻，富有讽刺意义。

愤世嫉俗、心绪难平之气充溢于作品的字里行间，如"夜来西风里，九天雕鹗飞，困煞中原一布衣。悲，故人知未知？登楼意，恨无上天梯""叹寒儒，谩读书，读书须索题桥柱，题柱虽乘驷马车，乘车谁买《长门赋》，且看了长安回去"。

这些话表面上看，是作者抒发英雄末路之悲，壮志未酬之叹，更深层的意蕴则是发泄意愿在现实中无法实现的悲愤。

马致远还有一类散曲多慨叹世事、感悟人生、抒写情怀，较为典型者如套曲〔双调·夜行船〕《百岁光阴》：

百岁光阴如梦蝶，重回首往事堪嗟！今日春来，明朝花谢，急罚盏夜阑灯灭。

[乔木查] 想秦宫汉阙，都做了衰草牛羊野。不恁么渔樵无话说。纵荒坟横断碑，不辨龙蛇。

[庆宣和] 投至狐踪与兔穴，多少豪杰。鼎足虽坚半腰里折，魏耶？晋耶？

[落梅风] 天教富，莫太奢，无多时好天良夜。富家儿更做道你心似铁，争辜负锦堂风月？

[风入松] 眼前红日又西斜，疾似下坡车。晓来清镜添白雪。上床与鞋履相别。休笑巢鸠计拙，葫芦提一就装呆。

[拨不断] 利名竭，是非绝。红尘不向门前惹，绿树偏宜屋角遮，青山正补墙头缺，竹篱茅舍。

[离亭宴煞] 蛩吟罢一觉才宁贴，鸡鸣时万事无休歇，何年是彻？看密匝匝蚁排兵，乱纷纷蜂酿蜜，急攘攘蝇争血。裴公绿野堂，陶令白莲社。爱秋来时那些：和露摘黄花，带霜烹紫蟹，煮酒烧红叶。人生有限杯，几个重阳节？嘱咐俺顽童记者：便北海探吾来，道东篱醉了也。

此曲雅俗兼备，意蕴深邃，抒发了作者的人生感悟和疏放情怀，被誉为元代套曲"万中无一"的压卷之作。

这里描绘了两种人生境界：一是奔波名利，一是陶情山水。名利场中的污浊丑陋与田园的高雅旷达，形成了鲜明的对比。

作者坚定地选择了后者，将诗酒还有湖山的恬静闲适作为人生的归宿，这表明了作者彻悟之后对现实的否定，同时在表面的放逸潇洒之下仍然激荡着愤世嫉俗的深沉感情。

全套将人与景、雅与俗、情与理融为一体，深切透辟，意蕴悠长，生动感人，成为散套创作史上的一座高峰，标志着文人对套曲的创作已发展到了一个新的阶段，因而被誉为元曲散套中的"绝唱"。

马致远散曲的艺术成就一向受到赞许，题材广泛，语言本色，形象性强。除了叹世的作品外，还有许多写景的文章。这是当他认清了官场的功名利禄都不过是"繁华一梦"后，逐渐把田园生活当作自己的归宿后，致力于散曲创作的结果。

集中表现其田园闲适生活的是［南吕·四块玉］《恬退》和［双调·清江引］《野兴》、套曲［般涉调·哨遍］《半世逢场作戏》等。看［双调·清江引］8首中的两首：

林泉隐居谁到此，

有客清风至。会作山中相，不管人间事。争甚么半张名利纸！

东篱本是风月主，晚节园林趣。 一枕葫芦架，几行垂杨树。是搭儿快活闲住处。

曲作高度赞美了田园诗意的生活和表达了自己对田园生活的热爱和向往。

马致远写景之作清俊闲适，虽寥寥数笔，然意境无穷。其笔下的景象多有一种世俗生活的气息，如［双调·寿阳曲］《远浦归帆》：

夕阳下，酒旆闲，两三航未曾着岸。落花水香茅舍晚，断桥头卖鱼人散。

再如［越调·天净沙］《秋思》：

枯藤老树昏鸦，小桥流水人家，古道西风瘦马。夕阳西下，断肠人在天涯。

曲作把枯藤、老树、昏鸦、小桥、流水、人家、古道、西风、瘦马九种景物集中在一起，未加描述，已把秋日傍晚的苍凉意境表现无遗，语言是本色的，意境是深远的，此作被称为"秋思之祖""纯是天籁""万中无一""一时绝唱"。

马致远不仅写景之作清新淡雅，描写恋情的作品也充满活泼的生活情趣，如〔双调·寿阳曲〕《无题》23首是其情词的代表，看下面几首：

相思病，怎地医？只除是有情人调理。相偎相抱诊脉息，不服药自然圆备。

蔷薇露，荷叶雨，菊花霜冷香庭户。梅梢月斜人影孤，恨薄情四时辜负。

因他害，染病疾，相识每劝咱是好意。相识若知咱就里，和相识也一般憔悴。

这组小令描写了女主人公对羁旅他乡的情人的深切怀念，文笔生动传神，不落俗套，感情深挚动人。文句浅显易懂，雅俗共赏。

马致远也作有极风趣的谐俗之作，如套曲〔般涉调·耍孩儿〕《借马》，以严肃不拘的笔法，通过生动诙谐的细节描写和细腻的心理描摹，刻画了一位爱马如命的小市民的吝啬形象，曲中虽有嘲戏却无鄙薄轻蔑，其意就是从民间世俗攫取生活情趣。

马致远的散曲成就很高，有说它"典雅清丽"的，有说它"老健锐锋"的，还有说它"放逸宏丽"的，总之，马致远的散曲题材是多样性的，成就是多方面的，是散曲史上的一座高峰。

除了关汉卿、白朴、马致远、卢挚、姚燧等散曲大家为散曲的发展做出卓越的贡献外，还有一些名气和成就不如他们的散曲作家，也以他们的创作为散曲的发展做出了一定的贡献，散曲的繁荣发展同样也离不开他们的付出。杨果、刘秉忠、商道、商挺、庾天锡是他们中的佼佼者。

知识点滴

元初，需要大量人才去管理江南大片土地和财富，尤其是理财，这不是元代统治者所擅长的，因此，元朝廷招募大量汉人从事这一工作。省务官，即为掌税收之官，从五品。马致远大约就是这个时候应征为江淮行省务官而南下到杭州、扬州的。

但是省务官这个职务显然并不适合马致远，与他的理想更是相去甚远，马致远在曲中不断地感叹"空岩外，老了栋梁材"。马致远曾说自己"九重天，二十年，龙楼凤阁都曾见"。

是指年轻时在大都求取功名。到了南方，这个江浙行省务官大概也只做了20年，最后辞官归隐了。这个时候，马致远大约50岁左右，此后的20多年，才是马致远散曲创作的黄金时期。

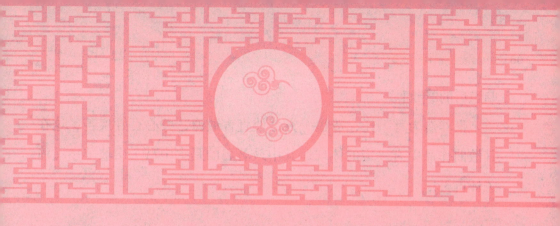

张养浩雅致化的散曲佳作

张养浩，字希孟，号云庄，自称齐东野人，山东济南人。张养浩少年知名，19岁被荐为东平学正，历官堂邑县尹、监察御史、翰林学士、礼部尚书、参议中书省事等官职。为官期间，抑制豪强，赈灾济贫，做了不少好事。

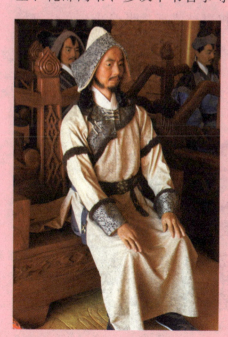

张养浩擅长写散曲，他的散曲题材广泛，但真正能体现其散曲影响的是那些数量不多的反映民生疾苦、忧国忧民的作品，从而把反映社会现实的重大题材引入散曲，拓宽了散曲的创作天地，成为散曲发展史上别开生面的、独具魅力的一位重要作家。

张养浩散曲有小令161首，散套两套，大部分是罢官闲居之后所作，其创作高峰和代表作品大都在1321年归隐后的8年间。

张养浩为官一任，造福一方，他直言敢谏，关心百姓疾苦，这在其散曲作品中有一定的体现，其中最著名的是〔中吕·山坡羊〕《潼关怀古》：

> 峰峦如聚，波涛如怒，山河表里潼关路。望西都，意踌躇，伤心秦汉经行处，宫阙万间都做了土。兴，百姓苦!亡，百姓苦!

全曲分3层：前3句为第一层，写潼关雄伟险要的形势。如此险要之地，暗示潼关的险峻，乃为历代兵家必争之地，也由此引发了下文的感慨。4至7句为第二层，写从关中长安万间宫阙化为废墟而产生的深沉的感慨。末四句为第三层，写作者沉痛的感慨。

由于直言敢谏，张养浩得罪当朝权贵被罢官，张养浩在回味官场的体验中冷静地思索历史和现实，进一步感悟到官场险恶。他在〔双调·水仙子〕写道：

中年才过便休官，合共神仙一样看，出门来山水相留恋。倒大来耳根清眼界宽，细寻思这的是真欢。黄金带缠着忧患，紫罗襕裹着祸端，怎如俺藜杖藤冠？

人到中年正是事业发达的时期，作者休官还乡，非但没有失落惆怅的感觉，反而充满由衷的喜悦。曲中道出了个中原委。仕途险恶，官场倾轧，身居其中，每时每刻如履薄冰。相比之下，布衣藤冠的乡村生活格外令人向往。离开险恶的官场，回到风景秀丽的家乡，张养浩的心情十分愉快，他在［中吕·朝天曲］中写道：

挂冠，弃冠，偷走下连云栈，湖山佳处屋两间，掩映垂杨岸。满地白云，东风吹散，却遮了一半山。严子陵钓滩，韩元帅将坛，那一个无忧患。

张养浩在两次归隐闲居的8年间写下了大量体现隐居生活闲情逸致和歌咏田园风光的散曲作品，这类散曲中，写得最多的就是对隐居美好生活的赞美和描述，如［中吕·喜春来］：

拖条藜杖山林下，无是无非快活煞，王侯卿相不如咱。兴来时斟玉斝，看天上碧桃花。翻腾祸患千钟禄，搬载忧愁四马车，浮名浮利待何如？枉干受苦，都不如三径菊四围书！

还有［双调·水仙子］《咏遂闲堂》："绰然亭后遂闲堂，更比仙家日月长。高情千古羲皇上，北窗风特地凉，客来时樽酒淋浪。花与竹无俗气，水和山有异香，委实会受用也云庄！"

这类的作品，还有［双调·雁儿落带得胜令］、［双调·折桂令］《凿池》、［双调·水仙子］《咏江南》、［双调·殿前欢］《对菊自叹》等。

虽然归隐的生活惬意而愉快，但是，张养浩却无法完全放弃对国家社稷、对黎民苍生的社会责任，因此，当1329年关中大旱民不聊生，朝廷召他任陕西行台负责赈灾时，他在散尽家财后毅然登车赴任。对于此番再度出山，他在［南吕·西番经］中表白了自己的心迹：

> 天上皇华使，来回三四番，便是巢由请下山。取索檀，略
> 别华鹊山。无多惭，此心非为官。

既然是"无多惭，此心非为官"，那么这位已经近古稀之年的老人所为的就只是庶民百姓了。这次陕西任职救灾的时间不过短短的4个月，却成为他人生的一次重大转折，也成就了他散曲创作中的重大突破，即从抒发个人的隐逸闲情，开始转向社会民生的重大题材。

张养浩在这短暂却意义非常的人生最后阶段，写出了其散曲创作中最有价值的作品，他的代表作小令［中吕·山坡羊］《潼关怀古》就是此时的作品，又如［中吕·喜春来］中有：

> 亲登华岳悲哀雨，自舍资财拯救民，满城都道好官人。
> 还自咍，比颜御史费精神。
> 路逢饿莩须亲问，道遇流民必细询，满城都道好官人。
> 还自咍，只落得白发满头新。

乡村良善全生命，廛市凶顽破胆心，满城都道好官人。
还自哂，未戮乱朝臣！

这些作品或记述他的善行义举，或表现他关注百姓的官德，或表现他惩处奸恶的官威，无论是哪一种，都体现了他以民为本的思想和亲民爱民的情感。为了解除陕西大旱，张养浩曾"亲登华岳悲哀雨"，祈祷上天降雨以救万民。也许是张养浩的诚意感动了苍天，就在他刚一到任就天降甘露，真是春夜喜雨，大旱问题转瞬间得到了解决。张养浩喜不自胜，写了小令［双调·得胜令］《四月一日喜雨》：

万象欲焦枯，一雨足沾濡。天地回生意，风云起壮图。农夫，舞破蓑衣绿。和余，欢喜的无是处！

以及散套［南吕·一枝花］《咏喜雨》，看［南吕·一枝花］《咏喜雨》［尾声］就可知道张养浩的喜悦之情：

［尾声］青天多谢相扶助，赤子从今罢叹吁。只愿的三日霖霆不停住，便下当街上似五湖，都淹了九衢，犹自洗不尽从前受过的苦！

张养浩为官30多年，也算是十分风光，最终他选择退隐，也是出于自愿，并没有多少牢骚，所以他在说到世事险恶，不如闲居的时候，也是比较平和的，不像有些人那么尖锐。

张养浩的散曲，无论是写景，还是抒怀，都比较雅致，有诗化甚至散文化的倾向，自然有一种气象。明朱权《太和正音谱》评张养浩的散曲"玉树临风"，指出他的作品格调高远。他的作品文字显白流畅，感情质朴醇厚，无论抒情或是写景，都能出自真情而较少雕镂。

知识点滴

张养浩于1288年前后，以山东东平学政入仕，历任礼部令史、御史台掾史、中书省掾属等下级官吏等10多年。1308年升为监察御史，因上疏直论时政而为当国者所不容，被定罪罢官。

1312年复出，历任陕西行台治书侍御史、礼部侍郎、礼部尚书等。1320年，命为中书省参知政事，进入元朝的决策机构，但不久即因上疏谏言激怒了英宗，于1321年以父老为由辞官归隐故里。

自1312年至1321年的10年间，当是张养浩一生在政治上最得意的时期，归隐8年间先后拒绝了朝廷的7次征聘，隐居不出。他在归隐闲居的时期，写下了大量体现隐居生活闲情逸致和歌咏田园风光的散曲作品。

1329年关中大旱，诏命为陕西行台中丞前往赈灾，张养浩为民着想，毅然赴任，到任4月因劳累而卒，消息传开，关中人皆有悲色，元朝廷封其滨国公，谥"文忠"。张养浩为民鞠躬尽瘁的精神赢得了时人和后人的爱戴和敬重。

张可久铸就典雅清丽之风

　　张可久，字小山，浙江宁波人。他读书万卷，才高气盛，但仕途很不如意，"四十犹未遇"，对于一个读书人来说这是很不幸的，这一段时间，他寓居在杭州，与马致远、贯云石等文人交往。

　　40岁以后，迫于生活，张可久开始寻求仕途，但只做过一些小吏，如路史、酒税都监等，郁郁不得志。

　　张可久创作了大量散曲，他不写杂剧，专攻散曲。他是元散曲后期清丽派最重要的代表作家，被誉为"词林之宗匠"。

　　张可久一生为吏、屈居下僚的经历致使他一生心绪难平，他将这种难平的心绪倾注于作品中，如［双调·庆东原］《和马

致远先辈韵九首》之五：

诗情放，剑气豪，英雄不把穷通较。江中斩蛟，云间射雕，席上挥毫。他得志笑闲人，他失脚闲人笑。

曲中作者着意刻画了一位性格豪放，不计穷通得失的旷达之士。前3句总写英雄是文武之才，旷达之士，中3句细写文武之能。前6句塑造了一位不同凡响的英雄形象，以讽刺现实生活中的势利小人。最后两句是写势利小人，得志轻狂作态，失意遭人唾弃。小令篇幅短小，却含意深远。

混迹官场多年，张可久深知官场人心的险恶，他在描写景物时也融入了这种情绪，如［中吕·红绣鞋］《天台寺瀑布》：

绝顶峰攒雪剑，悬崖水挂冰帘，倚树哀猿弄云尖。血华啼杜宇，阴洞吼飞廉，比人心山未险。

这首小令描写山崖冰雪的奇绝及各种景物的幽美，而他从中领悟到的竟是"比人心山未险"。作为一个读书人，为生计所迫，他选择了谋生官场的人生道路，而屈居下僚显达无望，其内心的凄怆和幽怨在作品中时时可见。

也正由于仕途的失意，再加上年龄的增长，张可久时常有功名不就归隐田园的动念，特别是在其晚年，这种心绪可从他的［双调·水仙子］《归兴》中看出来：

淡文章不到紫薇郎，小根脚难登白玉堂，远功名却怕黄茅瘴。老来也思故乡，想途中梦感魂伤。云莽莽冯公岭，浪淘淘扬子江，水远山长。

曲作头两句是说自己功名无望，既无才学又无靠山，因此仕途堪忧。下边3句对归乡原因作进一步解说：本想隐居深山，又因那里瘴气太重，自己年事已高就更加思乡，故乡的山水魂牵梦绕。最后写归乡途中所见，结尾表达了作者热爱故乡的无限深情。

张可久在游思、酬唱、春情、秋愁、唱和等作品也常常流露出对归隐田园和闲适生活的向往，其中［南吕·四块玉］《乐闲》、［越调·寨儿令］《山中》两曲颇具意趣：

远是非，寻潇洒，地暖江南燕宜家，人闲水北春无价。一品茶，五色瓜，四季花。

寡见闻，乐清贫，逍遥百年物外身。麋鹿相亲，巢许为邻，仙树小壶春。住青山远却红尘，挂乌纱高卧白云。杏花村沽酒客，桃源洞打鱼人。因，闲问话到柴门。

曲作反映了作者对官场是非生涯的厌倦，对归隐清幽生活的渴望，以及对恬静幽居生活的赞美，隐逸生活被他表现得深婉恬静，轻松优美。

张可久作为清丽派的代表，其作品以浓艳奇巧、典丽雅正为宗，有些作品甚至已具有词的意境和特色，如〔商调·梧叶儿〕《春日书所见》：

> 蔷薇径，芍药栏，莺燕语间关。小雨红芳绽，新晴绮陌干，日长绣窗闲，人立秋千画板。

这首描写春天景物的小令工丽含蕴，清丽典雅，炼句、对仗、用典、造境都具备了词的特点，再看套曲〔南吕·一枝花〕《湖上晚归》：

> 〔一枝花〕长天落彩霞，远水涵秋镜，花如人面红，山似佛头青。生色围屏，翠冷松云径，嫣然眉黛横。但携将旖旎浓香，何必赋横斜瘦影。
>
> 〔尾〕岩阿禅窟鸣金磬，波底龙宫漾水精。夜气清，酒力醒，宝篆销，玉漏鸣。笑归来仿佛二更，煞强似踏雪寻梅灞桥冷。

这组散套语言隽永，对仗工整，意境清幽，勾画出西湖恬雅秀丽的景色。其中化用前人名句如〔一枝花〕首四句及"横斜瘦影"等比比皆是，且多用典故，凡此则竭力另出新意，表现出明显的骚雅典丽的艺术特色。

张可久的人生经历和艺术素养，决定了他的散曲遣词精巧、文词绮秀、整饬雅丽风。明朱权《太和正音谱》评论他的散曲"清而且丽，华而不艳，有不食烟火食气"。

张可久的作品，为求脱离散曲原有的白描的特色而入于雅正，在创作中有过于注重形式美的缺点。但是作为一种清丽的风格，自成元代散曲群芳中的一范，他的作品使散曲园地更加丰富多彩。

尤其是他的写景作品，用词典雅，给人一种美的感受，因此被封为散曲的"正宗"，对后世的散曲创作有着巨大影响。

张可久虽然写了大量的归隐田园的作品，但他归隐林下，不过短短的3年，其余时间，都因生活所迫而不得不甘为小吏。可以说一生奔走于官场，多任幕僚和小吏，其仕途据《录鬼簿》记载，曾由"路吏转首领官"，此外还任过昆山幕僚、桐庐典史、监税松源，也曾在会稽、三衢等地任职，官职虽多，但无一例外，都是小吏。

张可久足迹遍及浙江、江苏、安徽、湖南、江西等地，但主要活动都在元代江浙行省，即今浙江杭州域内。那个时候，元曲的创作活动中心已转移到江南。

在江南张可久和当时的曲家都有交往，与卢挚、贯云石、刘时中、大食惟寅等著名曲家多有唱和，在圈子里很有名气，大食惟寅称其为"词林谁出先生右，独占鳌头""声传南国，名播中州"。

知识点滴

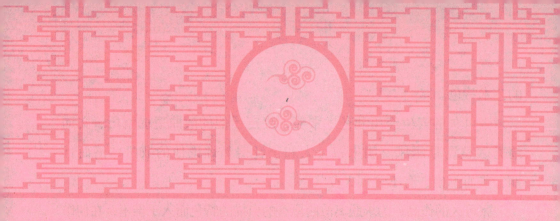

乔吉融俗于雅的新散曲

乔吉，一作乔吉甫，字梦符，一作孟符，号笙鹤翁，又号惺惺道人。山西太原人，后流寓杭州，大部分时间生活在江南。

乔吉擅长散曲、杂剧创作，尤以散曲成就更大，在散曲发展史上的地位和影响极其显赫。他一生浪迹江湖，足迹遍布大都、湖南、浙江、福建、江苏、安徽等地，寄情诗酒，留情青楼，所以其散曲多是啸傲山水、戏谑青楼之作。为了交往达官，乔吉趋于逢迎，也作了不少奉樽侍宴的应酬之作。此外，还有一些愤世之作。

乔吉的散曲风格以清丽为主，雅俗兼具，生动活泼，以奇制胜。其散曲创作讲究曲调和声律，少用衬字、衬句，表现出雅化倾向。

代表乔吉散曲水平的精品之作多是咏物抒怀、写景即兴一类的作品，表现出一个落魄文人无奈的人生追求和情感寄托，或歌咏逍遥自在的生活，或抒发散逸超脱的情怀，［正宫·绿幺遍］《自述》是他一生落拓的写照：

> 不占龙头选，不入名贤传。时时酒圣，处处诗禅；烟霞状元，江湖醉仙。笑谈便是编修院，留连，批风抹月四十年。

此曲最能表达作者的人生情怀，虽然在仕途上不如意，功名无望，但作者还是以乐观旷达的态度，自谓独占天地自然之灵秀，享尽山林湖海之风光，快意于诗酒人生。这种情怀在［双调·折桂令］《自述》中也有类似的体现。

在乔吉的散曲中，歌咏潇洒的情怀和向往自然的生活是一大主题，他的［南吕·玉交枝］《闲适二曲》就表现这种思想，其一：

> 山间林下，有草舍蓬窗幽雅，苍松翠竹堪图画，近烟村三四家。飘飘好梦随落花，纷纷世味如嚼蜡。一任他苍头皓发，莫徒劳心猿意马。自种瓜，自采茶，炉内炼丹砂。看一卷道德经，讲一会儿渔樵话，闭上槿树篱，醉卧在葫芦架，尽清闲自在煞。

"自种瓜，自采茶"，这就是乔吉的理想生活。

乔吉一生不曾显达，甚至可以说是穷困潦倒，其作品内容也因此而表现出一种消极厌世的情绪和对现实的不满，同时也会表达出自己的心声，如［双调·水仙子］《寻梅》一曲最有代表性：

冬前冬后几村庄，溪北溪南两履霜，树头树底孤山上。冷风来何处香？忽相逢缟袂绡裳。酒醒寒惊梦，笛凄春断肠，淡月昏黄。

这支散曲是寓情于景的写作手法，表面上是写梅花，实际上处处体现着作者的心境及所要表达的思想内涵。"寻梅"两字本身即表达了作者对高尚品格的渴望与追求。

曲作中的梅花可以理解为作者心目中高洁品性的代名词，这在他另一支散曲《折桂令荆溪即事》中也可以看出来：

问荆溪溪上人家：为甚人家，不种梅花？老树支门，荒蒲绕岸，苦竹圈笆。寺无僧狐狸样瓦，官无事鸟鼠当衙。白水黄沙，倚遍阑干，数尽啼鸦。

曲中，作者讽刺了当时官僚腐朽，社会风气颓落，致使人民困苦，正义不得伸张的社会现实。感叹家家不种梅花，实则隐射梅花般的高洁品性无人拥有。

此外，在乔吉的散曲中依托梅花来抒发类似情调的作品还有［中吕·山坡羊］《冬日写怀》之三、［双调·折桂令］《登毗陵永庆阁所见》、［双调·折桂令］《赠张氏天香善填曲时在阳羡莫侯席上》

等，这些作品不仅体现出了乔吉的风雅和清高，更真实地反映出其心灵深处的冲突和悲苦。

乔吉的散曲表现出典正清雅，他精于音律，善于锤炼句子，他的散曲，后期开始向词方面靠拢，逐渐走向风雅化的代表。这类散曲多是描写闺情之作，而宴饮赠答之作也多近典雅，这类风格的代表作是［双调·折桂令］《秋思》：

红梨叶染胭脂，吹起霞绡，绊住霜枝。正万里西风，一天暮雨，两地相思。恨薄命佳人在此，问雕鞍游子何之。雁未来时，流水无情，莫写新诗。

这首曲作和宋词婉约派的风格相似度很高，相反，散曲的意味不是很多。乔吉这类散曲多以描写恋情的凄苦来抒发自己内心的伤情，以此来消解自己内心的凄苦，曲折反映了这个时期一些文人共同的心理状态。

乔吉与当时一些有名气的歌妓来往密切，他的散曲中也多有描写她们的句子，如说她们"脸儿嫩难藏酒晕，扇儿薄不隔歌尘。伴整金钗暗窥人。凉风醒醉眼，明月破诗魂，料今宵怎睡得稳"，或描绘她们"合欢髻子楚云松，斗巧眉儿翠黛浓。柔荑指怯金杯重，玉亭亭鞋半弓，听骊珠一串玲珑。歌触的心情动，酒潮的脸晕红，笑堆著满面春风"。

乔吉散曲色彩斑斓，笔调洒脱，喜用华美、工丽的语言描写艳情，常于恬淡中透豪气，浓艳中涵天然，雅秀中蕴清浅，热闹中寓凄凉，它始终融俗于雅，使散曲定位在雅俗兼赅的新层面上。

知识点滴

写文章要做到凤头、猪腹、豹尾，就是说，开头要精彩，就像凤凰的头一样，能一下子吸引住人；中间内容要丰富充实，言之有物，就像猪的肚子一样；结尾要有力，留有余响，就像豹子的尾巴一样。其实这个理论，就是元代散曲家乔吉在谈到写"乐府"也就是散曲的章法时提出来的。

元代史学家陶宗仪的《南村辍耕录》引乔吉的话说："作乐府亦有法，曰'凤头、猪肚、豹尾'六字是也。大概是头要美丽，中要浩荡，结要响亮。尤贵在首位贯穿，意思清新，苟能若是，斯可以言乐府矣。"

散曲创新

从元末进入明代，散曲的发展呈现出新的变化，北曲方面，作者数量不见少，但其风格多没有超出前代，能独创一个新的曲风者，十分罕见，总体上，仍以豪放为主。

南曲方面，有了较大的发展，渐渐占领了曲坛的重要地位，表现出另一种清新活泼的气象出来，造成了以后一百多种的曲坛新局面。

在明初百年间，散曲创作相对沉寂，较有影响的除由元入明的汪元亨、汤式外，还有皇室作家朱有燉的风月闲情之作较有特色。

明散曲创作高潮在明后期，这一时期，南曲的发展比较迅猛，出现了一些有特色的作品，铸就了新的辉煌。

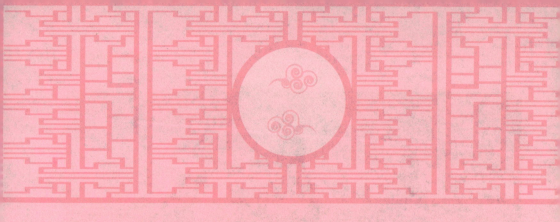

明初散曲家们的创作成就

　　明初的百年间，散曲创作相对沉寂，较有影响的作家有由元入明的汪元亨、汤式、贾仲明等人，此外，还有皇室作家朱有燉的风月闲情之作也较有特色。

　　汪元亨，字协贞，号云林，别号临川佚老，饶州人。元至正间出仕浙江省掾，后迁居常熟。

　　汪元亨喜好杂剧和散曲创作，《雍熙乐府》载有他的散曲百篇，题名《警世》的有20首，题作《归田》者有80首。《录鬼簿续编》道："有《归田录》一百篇行于世，见重于人。"此外，还有套数一套。

　　汪元亨生在元末乱世，厌世情

绪极浓。从散曲内容看，多警世叹时之作，吟咏归田隐逸生活，如小令（醉太平）《警世》、（折桂令）《归隐》诸作，既表现出他对腐朽社会的憎恶感情，又反映出他全身远祸、逃避现实的悲观情绪和消极思想，如（折桂令）《归隐》：

> 问老生掉臂何之？在云处青山，山下茅茨。向陇首寻梅，着杖头挑酒，就驴背咏诗。叹功名一张故纸，冒见霜两鬓新丝。何苦孜孜，莫待，细看渊明《归去来辞》。

在艺术上，汪元亨的散曲风格豪放，语言质朴，善用排比，一气贯注；有一些则是潇洒典雅，情味浓郁，互文比喻，耐人寻味。

汤式，字舜民，号菊庄，浙江象山人。元末曾补本县县吏，后落魄江湖。进入明代后不再做官，但据说明成祖对他"宠遇甚厚"。

汤式为人滑稽，所作散曲甚多，名《笔花集》。此外，尚有一些散曲，存录于《雍熙乐府》《盛世新声》《彩笔情词》等集中。

汤式的作品以曲录史，思想内容丰厚，极大地开拓了散曲文学的题材范围。他的散曲反映了朝代的更替和

百姓的疾苦，进而总结历史、感叹人生；描述了元朝灭亡时候的衰残景象，同时传达出对新王朝的期盼。汤式以散曲体裁表达悼念之情，开创悼亡散曲的肇端。

汤式创作了内容丰富的众多小令，其中［蟾宫曲］《咏西厢》对后世较有影响。此首为重句格俳体，即每3句中的第三句与第二句词意相类，句法相同。写来神韵自然，蔚然成为一体，有很多人仿效。

除了小令，汤式还致力于套数的创作，善用短套，又在个别长套中进行大胆的尝试与创新。

在艺术创作手法方面，汤式在不少流利通俗的曲语中讲究顶真、叠字、嵌字、重句、叠韵等技巧的运用，形成了丰富多彩而又曲味浓郁的俳体特色，还常在圆熟的句式结构中活用典故，取得了俗中求雅的效果，如［双调·庆东原］《京口夜泊》：

故园一千里，孤帆数日程，倚篷窗自叹飘泊命。城头鼓声，江心浪声，山顶钟声。一夜梦难成，三处愁相并。

这支曲子大约是作者流离江南时所写的，既抒游子思乡之情，又发自怜身世之慨。中3句的鼎足对，以鼓声、浪声、钟声来渲染环境，衬托心境，极有感染力。

在艺术风格表现方面，汤式散曲，尤其是汤式言情散曲的作风，词雅句熟，这类曲风影响了明代中后期南派曲家，如对梁辰鱼、沈璟等"香奁体"一派雅化作风的影响作用是明显的。

汤式的散曲明艳工巧，技巧圆熟老练。明人朱权在《太和正音谱》中评之"汤舜民之词如锦屏春风"。明贾仲明在《录鬼簿续编》说他的作品"语皆工巧，江湖盛传之"，从中，可知他的作品当时流传比较广泛。

贾仲明，又名贾仲名，自号云水散人，山东淄博人。年少时聪明好学，博览群书，善吟咏，尤精于词曲、隐语，曾在明成祖朱棣燕王邸中服侍，甚得宠爱。

贾仲明所作传奇戏曲、乐府极多，骈丽工巧。他的散曲有《云水遗音》等集。

贾仲明撰著《录鬼簿续编》，为82位戏曲作家补写了

数十曲［双调·凌波仙］挽词，对这些戏曲作家及其创作予以梳理、评论，其中有不少曲论评语是比较中肯公允的，被人们广泛征引。如《吊关汉卿》：

> 珠玑语唾自然流，金玉词源即便有，玲珑肺腑天生就。风月情、忒惯熟，姓名香、四大神洲。驱梨园领袖，总编修师首，捻杂剧班头。

朱有燉，号诚斋，又号锦窠老人、全阳道人、老狂生、全阳子、全阳老人。安徽凤阳人。明太祖朱元璋第五子朱橚的长子，袭封周王，世称周宪王。

朱有燉擅长杂剧创作，他的杂剧奔放自如，别辟天地。他的散曲集合成《诚斋乐府》。朱有燉对妓女、乐户颇为熟悉，因此写来往往比较生动逼真、细腻雅致，自有一种动人的味道。

朱有燉散曲存有小令264首，套数35首。这些作品多是"吟咏情怀，嘲弄风月"，基本上可分为吟咏个人情性、劝诫醒世两大类。前者如《清江引·题隐居》3首，主要抒发对闲适、恬淡隐居生活的一种向往。

他的《快活羊·题渔樵耕牧图乐府》4篇，则通过对4幅图中渔人、樵人、耕人、牧人生活的描写，揭示了他们快活的生活，表达了作者对村野生活的向往之情，如写渔人道：

小小船儿棹沧波，其实的快活快活。打得鱼来笑呵呵。醉了和衣卧，醒后推篷坐。谁似我。

写樵人生活道：

挑月穿云入烟萝，其实的快活快活。山径归来唱樵歌，困拂苍苔卧，闲对清泉坐。谁似我。

朱有燉的一些描写山水的小令，也是借山水来寄寓对与世无争的归隐生活的憧憬，如《天净沙·咏山水小景》9首，对山水小景只是白描，毫无精雕细刻，重在抒发作者的归隐情思，第一首直接化用了马致远《天净沙·秋思》的语句："青山一抹残霞，丹枫几树寒鸦。古涧秋风飒飒。夕阳西下，小桥流水人家。"

朱有燉的醒世劝诫之作，多是从当时富贵子弟吟风弄月，漂荡任性的现实出发，提出劝诫，奉告他们应

该戒此行迹，如《南曲柳摇金·戒漂荡》道：

> 风情休话，风流莫夸，打鼓弄琵琶。意薄似风中絮，情空如眼内花，都是些虚脾烟月；耽搁了好生涯。想汤瓶是纸，如何煮茶。煨他莫再，莫再煨他，再莫煨他。休等叫街时罢。

"叫街"即为行乞。曲中揭露深刻，劝告有力。

朱有燉模仿元人张可久、张鸣善、刘庭信诸人的《咏风月担儿乐府》，作《柳营曲·咏风月担儿》23篇，旨在惩戒漂荡子弟。

他还仿刘庭信的风流体乐府，作《醉乡词》20篇，戏题的漂荡之人包括风流老儿、风流秀才、风流县宰、风流小僧、风流道姑等20类人。这些戏题之作，包括的人物群体很广，反映了当时的社会风气。

朱有燉的套数多用［南吕·一枝花］，曲词清新流丽，内容上多为吟咏性情之作。

除了这几位散曲作家外，这一时期的北曲作家，还有丁野夫、唐以初等，他们的散曲也有一定的可借鉴之处。

丁野夫，西域人。贾仲明的《录鬼簿续编》记载："故元西监生。羡钱塘山水之胜，因而家焉。动作有文，有冠济楚。善丹青小景，皆取诗意。套数小令极多。"遗憾的是作品没有保存下来。

唐以初，名复，京口人，号冰壶道人。史料称："以后住金陵，吟卜诗，晓音律。"

散曲有《普天乐徐都相书堂》一首："伯牙琴，王维画，文章公子，宰相人家，联一篇感兴诗，说几句知音话。"及《红绣鞋》四首，见于《乐府群珠》。

知识点滴

贾仲明是元代末期曲坛的后起之秀，以学习马致远元曲而成名家。燕王非常欣赏贾仲明的好文采，将其选进燕王府，侍奉自己。

贾仲明在燕王府十分得宠，燕王朱棣看过贾仲明的杂剧《萧淑兰情菩萨蛮》后十分喜欢，他设宴请贾仲明吃饭。吃饭时，朱棣问贾仲明："云水散人你词如锦帷琼筵以谁为师？"

贾仲明说："马致远为师。"

燕王说："元曲谁为第一，你何是说？"

贾仲明说："元人马致远为第一，我有吊言相赠。"

燕王说："吟来我听。"

贾仲明念 [双调·凌波仙]《吊马致远》："万花丛里马神仙，百世集中说致远。四方海内皆谈羡，战文场，曲状元。姓名香，贯满梨园。《汉宫秋》《青衫泪》《戚夫人》《孟浩然》共瘦白关老齐肩……"

朱棣正听得津津有味，忽然府中来人急报，南京急事，请燕王回军机处议事。朱棣没有办法，才不得已离去。

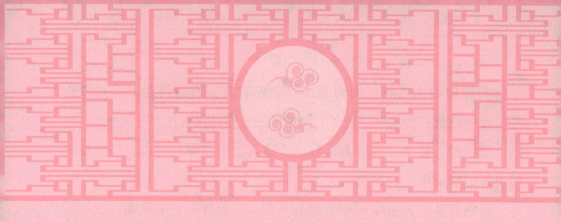

北曲名家推陈出新铸辉煌

　　明代弘治至隆庆年间，城市工商业急剧发展，散曲创作走向兴盛。北有康海、王九思、冯惟敏、薛论道，南有王磐、陈铎等，皆一时之名手。

　　这时期的北曲，风格皆以典雅为主，可谓真实地出于"性灵"之

作，其气象反较明初为盛。

北曲名家推陈出新，将明散曲从以往颓废的气象中带进一个新境界，铸就了新的辉煌。

康海，字德涵，号对山、沜东渔父，陕西武功人。1502年考中状元，任翰林院修撰。其著作有诗文集《对山集》、杂剧《中山狼》、散曲集《沜东乐府》等。

康海作了大量的散曲，包括套数30余首、小令200余首，曲作的主要内容一是抒发其愤世嫉俗的情怀，如《雁儿落带过得胜令》：

真个是不精不细丑行藏，怪不得没头没脑受灾殃。从今后花底朝朝醉，人间事事忘。刚方，溪落了膺和滂；荒唐，周全了籍与康。

曲作表现了他自认为无辜遭殃的满腹牢骚，并夹杂着几分玩世不

恭的幽默。

二是康海在作品中倾吐其徜徉山水的闲情逸致，如《叨叨令》《秋兴次渼陂韵》就着重表现了作者对"有时节望青山看绿水乘嘉树，有时节伴渔樵歌窈窕盟鸥鹭"生活的欣喜之情。他的散曲一般都写得豪放爽健，但有时过多的生造和堆砌辞藻，也造成了作品空洞的缺点。

王九思与康海同时期，同朝为官，字敬夫，号渼陂，陕西鄠县人。王九思出身于书香之家，家境富裕，天资聪明，一表人才，自幼读书，学识渊博，尤长文学。他青年时热衷于功名。1496年考中进士，选为庶吉士，后授检讨。1509年调为吏部文选主事，年内由员外郎再升郎中。

王九思擅长诗文和曲，以诗文名列"前七子"。王九思散曲存套数十余首，小令百数十首。他的曲作多数是对现实表示不满，通过寄情山水，发泄自己的牢骚。虽然抒发的是个人的情怀，境界狭窄，但尚有一定的社会意义和认识价值。

王九思所著的散曲秀丽雄爽，如［沉醉东风］《归兴》：

　　有时节露赤脚山巅水涯，有时节科白头柳堰桃峡。戴什么折角巾，结什么狂生袜，得清闲不说荣华。提起封侯几万家，把一个薄福的先生笑煞。

　　曲子倾吐胸臆，生机盎然。正词谑语错杂其间。王九思的散曲有时曲作过于粗豪，精思不足，这是他曲作明显的不足之处。

　　冯惟敏，字汝行，号海浮，又号石门，山东临朐人。自幼随父游历南京、平凉、石阡等地。聪颖好学，才华富瞻，与兄惟健、惟重及弟惟讷同以诗享名，时称"临朐四冯"。

　　冯惟敏的散曲，能跳出只写吊古厌世、谈禅归隐、林泉逸兴，男女风情的窠臼，将题材拓展到社会生活的诸方面，丰富了曲作的内容。

　　首先，他的散曲严重地抨击了吏治腐败、政治黑暗和社会种种弊端：有讽刺统治集团腐朽无能，颠倒是非曲直的，如〔清江引〕《八不用》、〔朝天子〕《解官至舍》。

　　有的谴责贪官污吏刻薄罪行的，如〔醉太平〕《李中麓醉归堂夜话》、〔新水令〕《十美人被杖》；有的揭露上层社会尔虞我诈、贤愚不辨的，如〔端正好〕《徐我亭归田》、〔一枝花〕《对驴弹琴》。

　　有的是对科举制度表示的不满，如〔粉蝶儿〕《辞署县印》、〔折桂令〕《下第嘲友人乘独轮车》；还有一些是指斥江湖术士骗钱害人的，如〔朝天子〕《四术》等。或讽贪、或刺虐、或戳弊、或揭恶，均为警世

醒民之作。

冯惟敏还有不少关心农事、同情农民的作品，如［胡十八］《刘麦有感》、［折桂令］《刘谷有感》、［玉江引］《农家苦》，以及［玉芙蓉］《喜雨》《苦雨》《苦风》《喜晴》等。

此外他还有一些曲作，如［端正好］《吕纯阳三界一览》3组套曲，借神鬼反映现实社会，抒发愤懑之情。这些作品都表现了一定的思想深度。

冯惟敏散曲的艺术风格，以真率明朗、豪辣奔放见长，但也不乏清新婉丽之作。他的作品大量运用俚语俗谚，不事假借，极少雕饰，幽默诙谐，气韵生动，保持了散曲通俗自然的本色美。有时他将经、史、子、集中的书面语词入曲，任意驱遣，浑然天成，毫无生硬枯涩之弊。

冯惟敏散曲的艺术价值主要体现在强烈的现实批判精神，独特的取材视野，豪辣宏阔的艺术风格3个方面。这些成就使冯惟敏成为明散曲豪放派集大成的人物，奠定了他在散曲史上的历史地位。

薛论道，字谈德，号莲溪居士，河北定兴人。薛论道自幼喜欢读书写作，据说8岁时就能作文章。后从军30年，官至指挥佥事。后弃官归隐，但是不久又被起用，授予神枢参将加副将，一直到老。

薛论道的散曲保存在散曲集《林石逸兴》里，《林石逸兴》共10卷，每卷百首，曲目1000首，可见数量是很庞大的。

薛论道出身于下层，又亲身体验到社会的黑暗和上层统治阶级的昏庸，因此，在散曲中多有讽世之作，作品的内容在对黑暗势力的揭露上占着很大的比重，同时对未来充满向往也构成了作品的浪漫主义色彩。

薛论道在作品中对社会不公的揭露和嘲讽往往是不顾情面的，如他在散曲中贬责封建统治阶级和达官贵人是"软脓色气豪，恶少年活神道"，讥讽他们："今日车，明日轿。村头脑紫貂，瘦身躯绿袍，说起来教人笑。"

对这些官僚贵族在官场中钩心斗角、尔虞我诈的倾轧是"芥羽一毛轻，倚豪雄起斗争，撄冠披发不恤命"。这些都反映了薛论道对统治阶级不关心人民疾苦，只知争权夺利，吃喝玩乐的鄙视和憎恶。

由于薛论道较长时期地过军营戎马生活，屡次领兵和入侵者作

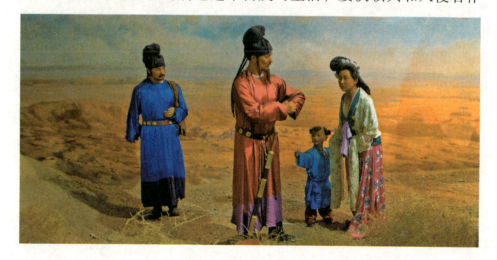

战，所以他的散曲中对战场的描写数量较多，而且写得真实感人、有气魄，如他有名的散曲《吊战场》：

> 拥旌麾鳞鳞队队，度胡天昏昏昧昧。战场一吊，多少征人泪？英魄归未归，黄泉谁是谁?森森白骨，塞月常常会；冢冢碛堆，朔风日日吹。云迷，惊沙带雪飞；风催，人随战角悲。

散曲写出了敌我大战的雄壮场面，人如蚁，旗如林，同时又写出了古战场上的凄凉，有多少将士丧失了生命，一堆堆的白骨，一座座的坟丘，战争给多少人家带来了灾难啊！既表达了作者对战争的厌恶和对死亡将士的怀念，也隐含着作者决心御敌报国的雄心壮志。

将军旅生活入曲，在散曲史上，薛论道的《林石逸兴》是首创。

这并不仅仅是简单地把自己的生活经历在创作中的表现，也是对散曲题材的突破。

薛论道对塞外景物意象的个人感受和组合方式，承继着唐代边塞诗的艺术表现题材和宋代边塞词的艺术风格的传统，扩大了散曲的创作领域同时，还强化了散曲的志情抒怀。

面对黑暗的现实，薛论道并没有颓废和畏惧。在一些散曲中，表达了他对前途充满信心和希望的思想感情，如在散曲《古山坡羊·冰山》中写道："狂飙，三冬任尔飘；尔骄！一春看尔消。"

作者通过"冰山"，写出了他对生活的理解：在那种"凌凌草木凋，茫茫星斗摇"的动荡昏暗的时代，他要不畏严寒，不随世俗，勇敢地站出来。

他把自己比作猫头鹰，自豪地声称，"万物中君独怪，百鸟丛尔最凶"；他把自己比作大鹏，"等闲一举冲霄翼""翻江搅海惊天地"，显示出作者敢于蔑视封建势力，置身污泥而不染的情操。

薛论道的一些咏物作品，也往往有明显的寓意，像〔古山坡羊·冰山〕讽刺权势者逞凶一时，终归消亡；〔水仙子·鸥鹆〕〔桂枝香·蚊〕讽刺专在暗处害人者等，也都愤慨很深。

他还有一些抒写个人抱负的作品，既写出了大鹏冲天的壮怀，也夹杂着深沉的未遇之叹。其缺点是不少作品带有宿命论和消极悲观的思想。

在艺术上，薛论道的散曲多富有浪漫主义的手法，在用词造句上形象生动，读来既朴实，又流畅通达。此外，薛论道还经常运用象征、比喻、拟人等手法来对语言进行修饰。

薛论道对明散曲乃至整个散曲的构筑意境和反映现实的艺术功能有着开拓性的探索。他的"叹世曲"不仅继承了元代"叹世"曲作的优良传统，同时又有进一步发展，开拓了叹世曲的表现领域。其叹世曲作题材广阔，意境高远，情感豁达，具有明显的个性和特色。

知识点滴

王九思非常好学，为了写好戏曲，他便从学音乐开始。他购买乐器，聘请乐师，教他学习音乐知识。经整整3年的不懈努力，学会了弹奏琵琶、三弦等，而且弹得很好。

他雇请歌妓，组成家班，一旦有了新作，便排练和演出，并不断修改提高。他十分注意向别人学习，丰富提高自己。

一次戏曲作家李开先去西夏饷军路经关中，住在康海家里，他得知后，立即邀请李开先到鄠县做客，设宴招待。同时，让家班演唱了他的杂剧《游春记》，请李开先指点。

南曲名家改革开辟新天地

在康海、王九思、冯惟敏、薛论道等一批北曲名家铸就北曲辉煌的同时，南曲也出现了一批散曲名家，他们的创作也给南曲带来了一股清新之气，成就了南曲的辉煌，这批南曲名家以沈仕、梁辰鱼、王磐、陈铎等人为代表。

沈仕，字懋学，又字野筠、子登，号青门山人，别号东海迷花浪仙，浙江杭州人。沈仕年轻时即有才名。他的散曲集合成散曲集《唾

《窗绒》，其散曲被称为"青门体"，轰动一时，并一直影响到晚明。

"青门体"以写艳冶绵丽的作品为特征，犹如诗中的"香奁体"和词中的"花间派"。不少散曲作家受他影响，在散曲流派中可说是异军突起。

沈仕的散曲已偏向满足耳目感官的享受要求，形式浮艳，内容苍白，如其代表作《南双调》："懒画眉春闺即事东风吹粉酿梨花，几日相思闷转加。偶闻人语隔窗纱，不觉猛地浑身乍，却原来是架上鹦哥不是他。"

再如《琐南枝·咏所见》："雕栏畔，曲径边，相逢他蓦然丢一眼。教我口儿不能言，脚儿扑地软。他回身去一道烟，谢得蜡梅枝把他来抓个转。"

这两首曲作充分地体现了当时沈仕曲作的艳冶绵丽的风格。

梁辰鱼，字伯龙，号少白、仇池外史，江苏昆山人，他的父亲梁介为平阳训导，"以文行显"。梁辰鱼喜欢行侠仗义，不喜欢、也不屑参加科举考试获取功名。

梁辰鱼喜欢交朋友，据说他家有装饰好的房屋，专门接纳四方奇士英杰。嘉靖年间以诗人李攀龙、王世贞为首的"后七子"，都与他往来，戏剧家张凤翼也是他的好友。

梁辰鱼得到过著名音乐家魏良辅的传授，又与郑思笠等人精研音理，对改革昆山腔做出了贡献。

梁辰鱼的散曲集《江东白苎》一出，以昆腔演唱的南曲大盛，北曲迅速衰落。这时东南地区资本主义逐渐萌芽，城市更加繁荣，散曲作家也大多数集中在这一地区活动。

由于城市物质生活的刺激，以及享乐意识的浸润，很多文人或多或少都沾染上沉溺声色的风气，很多人都蓄有歌伎，或经常出入青楼，因此作品大半喜欢用华美纤丽的辞藻，写缠绵旖旎的艳情。

梁辰鱼的《江东白苎》，和沈仕的《唾窗绒》，是华美纤丽风气的代表。他们所开创的"白苎派"和"青门体"，风靡一时。

梁辰鱼的《江东白苎》内容可为3类：一类是以闺情为基本题材的散曲，它们在梁辰鱼曲中所占比例最多，但几乎都不只是为咏闺情而作，其中许多的闺情曲寄寓了作者自身的失意，如《白练序·暮秋闺

怨》：

西风里，见点点昏鸦渡远洲，斜阳外，景色不堪回首。寒骤，谩倚楼，奈极目天涯无尽头。消魂久，凄凉水国，败荷衰柳。〔醉太平〕罗袖。琵琶半掩，是当年夜泊，月冷江州。虚窗别……

曲中"昏鸦""斜阳""败荷衰柳"等凄凉秋景与思妇的孤独哀愁交织在一起，凄凉意味浓厚，这是作者借闺怨来抒写自身抑郁的情怀。

第二类是羁旅乡愁、登临怀古、赠别怀旧之作。这类曲作不多，但内涵丰富。其中有抒写羁旅之中的乡土之思；有的是抒写伤怀故国之作；有的是抒发送别友人的真挚情感。这类词作往往用清丽之词抒写人生感叹，低回而沉郁，如《销金帐·夜宿穆陵关客舍》：

松窗半掩，月落空庭暗，笑孤身在关门店。怎奈夜永不寐，剔残灯焰。西风透入，透入茅檐破苦。起弄双剑，惊落疏星千点。谁怜变了，变了苍苍鬓髯。

独宿荒村野店，夜不能寐，拔剑起舞。虽有"惊落疏星千点"的豪气，却掩盖不了老去无成的叹息。

第三类是带有市井气的散曲。梁辰鱼的这类曲作以《驻云飞·杂咏效沈青门唾窗绒体》组曲为代表。其中露骨的色情描写，感官刺激和享受，反映了明代中叶以后社会风气的败坏。

梁辰鱼散曲的艺术特色主要反映在两个方面：一是声韵谐和优美，且长于抒情。这是用昆腔新声唱曲的直接反映，是旧昆腔婉转清丽风格的发展；二是辞藻典丽蕴藉，用词精致细腻婉约，这在其闺情曲作尤其是套曲中表现突出。

王磐，字鸿渐，自号西楼，江苏高邮人。他出生于一个富有之家，喜欢读书，曾为诸生，但嫌拘束而最终选择了放弃，他终身不再应举做官，而是纵情于山水诗酒，常与名士谈咏其间。

王磐散曲有小令65首，套曲9首。王磐散曲题材比较宽广，套曲〔南吕·一枝花〕《久雪》，以大雪的逞威，喻权贵的肆虐，借以抒发心中的牢骚不平，并且表示了对光明的信念。〔南吕·一枝花〕《嘲转五方》则讽刺了社会的迷信风气。

王磐有大量庆节、赏花、记游等闲适之作，反映了他生活和

性格的基本方面。部分作品则比较深刻地反映了社会现实，或表达了作者改变现实的愿望。

王磐散曲的风格大多是清丽精雅的，个别讽刺作品则较为豪辣，如［朝天子］《咏喇叭》：

喇叭，锁哪，曲儿小，腔儿大。官船来往乱如麻，全仗你抬声价。军听了军愁，民听了民怕，那里去辨甚么真共假？眼见得吹翻了这家，吹伤了那家，只吹得水尽鹅飞罢！

曲作把正德年间擅权的宦官，在运河沿岸鱼肉百姓的罪恶行径，以及他们装腔作势的嘴脸，揭露得淋漓尽致。

他的［朝天子］《瓶杏为鼠所啮》旁敲侧击、嬉笑怒骂，以其俳谐风趣为人所称道："斜插，杏花，当一幅横披画。毛诗中谁道鼠无牙？却怎生咬到了金瓶架？水流向床头，春拖在墙下。这情理宁甘罢！那里去告他，那里去诉他，也只索细数著猫儿骂。"

硕鼠之所与敢于肆无忌惮，是猫儿无能或放纵的结果，作者把矛头指向在当时是相当大胆的。

王磐的写怀咏物散曲，以清丽见称，如《落梅风》，写野外牧羊，宛如清淡秀丽的水墨画，表现力很强。有时借景抒情，表白自己对人生、对世事的态度，多弦外之音，这也是王磐写景咏物曲的特色所在。

陈铎，字大声，号秋碧，江苏新沂人，家居金陵。陈铎为人风流倜傥，擅长诗词和绘画，又精通音律，善弹琵琶，常常牙板随身，随时高歌一曲，被教坊的子弟称为"乐王"。

陈铎散曲集有《秋碧乐府》《梨云寄傲》《月香亭稿》《可雪斋稿》《滑稽余韵》。陈铎的散曲大部分是写男女风情和闺怨相思，供歌伎们清唱的作品。

这些作品，缠绵幽怨，故作多情，显得纤弱萎靡，有一些还带有色情的成分，内容无甚可取。影响最大、赖以传世之作是《滑稽余韵》。

陈铎长时间生活在金陵，对城市生活颇为熟悉。《滑稽余韵》一卷，是一组曲，共141首。每首写一个行业，一共描写了60多种手工业工匠和其他劳动人民的生活，30多种店铺的经营。

把形形色色的商肆店铺，三教九流，都写入散曲中。曲作高度赞扬各种工匠的手艺，歌颂他们对社会的贡献，同情他们的辛苦劳碌。

《滑稽余韵》一卷基本上采用当时的口语，明白通俗而又不失幽默风趣，富于生活气息。表现手法直露而不迂曲，不事藻绘雕琢，叙述中夹杂着评价和褒贬，明显不同于他的其他散曲。

陈铎把散曲的锋芒直接对准人性，全方位地反映明代中叶城市生活，带着批判的眼光审视社会群体不同的职业特征，公开表现自己的憎恶或同情，探讨职业病和行业病中显露出卑微人性，这种曲风，可以说是前所未有，开辟了新天地。

知识点滴

梁辰鱼最为擅长的不是散曲，而是杂剧，从艺术水准来说，散曲的成就要远逊于杂剧。梁辰鱼对改革昆山腔做出了极大的贡献。梁辰鱼的曲在当时广为传唱，如晚明时期戏曲理论家吕天成在《曲品》说："丽调喧传于《白苎》，新歌纷咏于青楼。"

梁辰鱼的《浣纱记》是第一部用改革后的昆山腔编写的剧本。清代学者朱彝尊说："传奇家曲，别本弋阳子弟可以改调歌之，唯《浣纱》不能，固是词家老手。"

自清代中叶以来，《浣纱记》中的许多单出，发展成了昆剧舞台上经常上演的折子戏，像《回营》《转马》《打围》《进施》《寄子》《采莲》《泛湖》等，都非常有名。

散曲衰落

　　进入清代，由于种种原因，致使散曲的发展缓慢，表现之一是散曲家和散曲作品的数量都不是很多，作品在百首左右的不超过10人，更多的作家都在10首以下。

　　多数作家没有散曲作品专辑，而是附在其他作品之后。

　　另外，值得称道的作品很少，称得上有开创之风的扛鼎之作更是凤毛麟角。艺术上缺乏明显的特色，逐渐成为诗词的附庸，最终走向衰亡。

　　清代散曲作家的知识结构比较复杂，作散曲通常只是他们的爱好或者业余所为。他们复杂的知识结构影响了散曲创作，由于比较重视诗词，因此，诗词知识使他们的散曲融入了诗词的一些特征。

明清之际散曲创新与贡献

　　明清之际散曲创作一是继续了晚明散曲的路子，抒写艳情及文人的各种风流；二是与当时诗词等其他文学体裁一起承担着反映时代的任务，变为遗民文人的黍离悲歌，或爱国英雄的壮歌及其文人坚守民族气节为谋生而发出的悲叹。

　　其中后者提高了散曲的品位，在题材、内容、艺术诸方面都较明末散曲有了较为显著的变化，代表曲家有夏完淳、沈自晋、王时敏、沈非病等人。

在明清之际的文人中，有一位神童作家，他诗、词、曲无所不工，精神境界及不屈不挠的毅力，成年人都未必达到，他就是夏完淳。

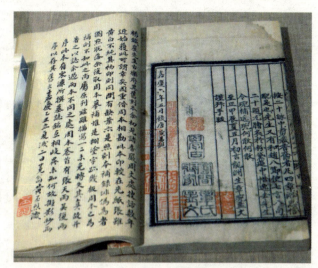

夏完淳，原名复，字存古，号小隐、灵首，上海松江人，年少聪明，据说7岁能诗文，有"神童"的名号。明朝灭亡后，跟着父亲和师父参加抗清活动，出生入死，经受磨难，事败被捕下狱，赋绝命诗，临刑神色不变。

夏完淳的散曲有小令3首，套数两篇，内容包括送别、杂咏、感怀等。其所处的特殊时代以及自身世界观等原因，提升了其送别、杂咏、感怀散曲的品位，使它们与其他人的作品相区别并拓展了题材。

如〔南商调·金梧桐〕《送沈伯远出狱》中不乏"却恨相逢晚""情深不觉秋光换"之类的常见的歌颂友谊的字句，但是，特殊的经历使其友谊超越了一般的儿女私情，上升为一种高尚信念的表达，远非一般的送别之作所能比。

夏完淳的〔南仙吕入双调·江儿水〕《前题》悲壮闵怀，感人至深：

望青烟一点，寂寞旧山河。晓角秋笳马上歌，黄花白草英雄路，闪得我对酒销魂可奈何！荧荧灯火，新愁转多。暮暮朝朝泪，恰便是长江日夜波。

作者的"悲"，是为旧山河而悲，其泪，为故国而流。其情其感深沉雄壮，与"山河""晓角秋茄""黄花白草"等意象相契合，引发一种崇高的壮美。

夏完淳的套数［南仙吕·傍妆台］《自叙》叙写自己从军、挟剑横槊、掌印、穿阵等经历及只剩自己为"东海孤臣"的种种往事。其中虽悲伤难已，同时也豪气冲天。

夏完淳的曲作就是这样豪气万丈，光明正大，他"把诗的庄严宏深与曲的酣畅淋漓完美结合，故其情悲而豪，其境壮而阔，其语峭而健，其崇然大气"。

沈自晋，字伯明，号西来，江苏吴江人。沈自晋出身于吴江沈氏

家族，淡泊功名，待人温厚，勤学博览，富有文才。他更有非凡的音乐天赋，终生酷爱，钻研不息。

沈自晋的散曲集有《黍离续奏》《越溪新咏》《不殊堂近草》，合称《鞠通乐府》，多写明末清初江南一带的离乱情景。

沈自晋的散曲，以1644年为分界、前期多是投赠祝寿、咏物赏花、男女风情等闲适的

作品，清丽典雅。在明朝灭亡以后、他在散曲里反复写着自己的故国之思、家园之念，发抒兴亡离乱的悲痛感伤，风格雄劲悲凉。

沈自晋的曲作把亡国之痛、黍离之悲渗入生活的方方面面，以悲、愁、惨、泪、孤独等为主要情调，可以说处处都带着时代的烙印。他的曲作既具有文学价值又具有历史文化价值，也提高了散曲的品位。

沈自晋曲作直接抒写黍离之悲的内容虽少，但十分成功，代表作品是 [商调·字字啼春色]《甲申三月作》、[南杂调·六犯清音]《旅次怀归》、[南仙吕·皂罗袍]《寓中苦雨》。其中最能代表其特色的是 [南仙吕·皂罗袍]《寓中苦雨》：

> 风雨凄其忒甚，奈端陡集泪洒沾襟。败叶纷飞下寒林，愁看一带苍黄锦。岭云欲断，烟消翠阴。溪泉如咽，松悲响沉。逼得我萧条隐几难安枕。

这只曲子以写景为主，作者笔下的凄凉"风雨""败叶寒林"、如咽的"溪泉"、悲沉的松涛等传达出的无不是感伤的情绪和悲愁难安的精神面貌。此种情怀绝非一般的"阴雨"所能致，只有"天崩地裂"的时代变化才能引起如此的伤悲和不宁。

明清之际黍离悲歌的佳作还有：熊开元的《击筑余音》、王时敏的［南仙吕入双调·步步娇］《西田感兴》、沈非病的［北双调·新水令］《金陵吊古》、沈永隆的［南仙吕人双调·步步娇］《甲申作》等。这些作品或者沉痛，或者愤激，或者抒写收复山河的愿望，而对明朝灭亡的伤感及其对它的怀恋之情却是一致的。

其中，熊开元的《击筑余音》前面很大的篇幅都继承了元散曲"豪辣"的风格，成为后一部分长歌当哭的生动铺垫和鲜明的对比，从而构成了一曲动人肺腑的明朝祭歌。

王时敏，字逊之，号烟客、西庐老人等，江苏太仓人。他入清不仕，隐居田园，寄情诗画。他作有［南仙吕入双调·步步娇］《西田感兴》与［南商调·二郎神］《春去感怀》两套数。

《西田感兴》用今昔对比之法，由回忆"当年侍帝车"之风光写起，感叹"岂料沧桑变等空花，中心摇摇愁似麻"！

与其他归隐田园之作不同，王时敏在作品中真实地道出了耕稼的艰辛，因此，在牛背笛声兴起的更是"我心中恨者，我心中恨者，龙去渺无涯，鹤归何处也！叹夕阳西逝，纵有鲁戈怎遮，好教我泪如瓶泻。……脉脉心期何处写？"对明朝的依恋之情真挚，语言清隽通脱，为明清之际黍离悲歌的佳作。

沈非病的情况不为人所知，他后期的散曲作品中多带有"黍离麦秀"的色彩，又好以诗词语句入曲，故多警句。

如《金陵怀古》中的"冷萧萧凤城楼阁""淮水笙歌落，旧江山几回变更了"；《咏雁》中的"浑一似汉宫人，天畔寄书来到""支更未稳，怕网罗深巧。飞绕，却又似向阳关，偷度羽声悲悄"等，融情于写景状物之中，语句清丽，表情深切。

这一时期的黍离之作还有沈永隆的《甲申作》，其中［步步娇］道："扑面胡尘秋风飐，愁发三千丈，难支几夜霜。梦整缨冠，拜手皇上。泪血染枫江，数点丹心，一缕青丝放。"表达了作者对明朝的深切依恋之情。

其他如沈永瑞的［南仙吕入双调·玉抱金娥］《游燕作》、宋存标的［南仙吕·醉罗歌］《离忧》等，均体现出黍离悲歌的情绪。在明清之际的散曲作品中，黍离悲歌散曲是最具时代性的题材，也是这一阶段最重要的题材。

在文学史上，遗民诗人、词人、画家、学者等的作品多以气胜或者以情胜，有的在艺术上即使算不得精湛，也为后人所欣赏，黍离悲歌是这类作品中最重要的题材，自古就有，但是在散曲创作中，却唯独清代初期曲作家作品中才有，算得上一种创造。

明清之际黍离悲歌的出现，从散曲史的角度来讲，有着非常重要的意义：一是它提高了散曲的品位，使其无论从题材还是主题内容的严肃性都堪与诗、词相比；二是黍离悲歌对散曲严肃文风的树立起到了强有力的促进和加固作用；三是黍离悲歌带来了散曲作者角色的变化，使以往散曲作家们摆脱了"逸民""浪子"性格，游戏社会、人生的浪荡家的身份，而成为具有社会责任感和时代精神的知识分子精英。

知识点滴

清中期浙西词派的词味

朱彝尊、厉鹗、吴锡麒都是浙西词派的词人，他们的散曲创作风格相近，被称为"骚雅派"。他们3人的散曲创作与他们的词作一样，有着一定的继承关系，为清代"词味散曲"的代表。

朱彝尊，字锡鬯，号竹垞，浙江嘉兴人。康熙时，举博学鸿词科，授翰林院检讨。朱彝尊诗、词、文皆工，也作有散曲。他的散曲作品，见于《曝书亭词》所附的《叶儿乐府》，共51首，全为小令，除一首为南曲外，其余都是北曲。

朱彝尊以词为曲，其散曲具有词味。朱彝尊的散曲题材不是很丰富，其中题咏风景名胜之作就占了半数之多，其余是闺情、题画、送别及抒怀之作等。

朱彝尊的题咏风景名胜之作都是用［北仙吕·一半儿］写成的，其篇幅短小，内容内敛。朱彝尊将苏州、杭州一带的风景名胜如灵隐、西湖、虎丘、金山等题咏几乎殆尽。

其词如《西溪》："满林残雪碧山坳，人日春风金剪刀。孤棹野塘红板桥。玉梅梢，一半儿开迟一半儿早。"色彩艳丽，写景如画，淋漓尽致地传达出早春之气的气息。

再看《西湖》："三潭新月浸鱼天，里长堤飞柳绵，寻到水仙王庙边。里湖船，一半儿刚来一半儿转。"这是写春天月夜人游湖的情景，船只来往频繁，游人热闹如潮。朱彝尊的曲子都是此类，语言内敛，信息含量丰富，极似宋词。

朱彝尊的闺情之作不多，却都很精到，如［南商调·黄莺儿］：

碧玉小人家，两眉弯，双髻丫，春风爱立疏帘下。佳期最佳，阳差不差，心知消息今年嫁。剪秋纱，绣裙合画，画取并头花。

曲作写待嫁姑娘的情态、内心世界等十分鲜明，可称惟妙惟肖，只是略嫌含蓄。

再看他的［北越调·天净沙］："一行白雁清秋，数声渔笛濒洲，几点昏鸦断柳。夕阳时候，曝衣人在高楼。"

这些曲作有一个共同点，那就是都近似于词。

实际上，朱彝尊也有少量曲味较纯的作品，如［北中吕·醉太平］《野狐涎笑口》、［北双调·折桂令］《闹红尘》等，作品佻巧滑稽，诙谐成趣。

厉鹗，字太鸿，自署樊榭，杭州钱塘人。厉鹗家境贫寒，但仍好诗书不辍。他的诗词都很有名，且著作丰富。此外，他还有戏曲创作，有散曲小令81首。

厉鹗和朱彝尊都是浙西词派的主要词人，他们词作走的同一路子，散曲走的也是同一路子，二人的创作不仅仅风格相近，就是主要题材也相近，他们的曲作多是题咏名胜风景之作。

就其曲风来讲，厉鹗的散曲也近于词，他的［北双调·水仙子］

《虎丘书所见》的押韵就不符合散曲的规范，而近于词：

> 王珣宅畔晓钟催，朱勔花边午店开。仇英画里春妆赛。趁清明
> 冷食来，施山僧那惜金钗。低润脸、男儿拜，整新裙、侍婢抬，恨
> 无端落日船回。

〔北双调·水仙子〕的定格为：8句，句式为七七七六七五五四，第五句以下也可作五六三三四，押六平韵，二去韵，第六句也可不入韵。但是厉鹗的〔北双调·水仙子〕《虎丘书所见》一曲押两韵，不符合散曲押韵规范。

总之，厉鹗的散曲仍然不脱词味，大有将诗、词共归一格的趋势，其诗、词、曲三者之间的风格差异十分不明显。

吴锡麒，字徵圣，号谷人，杭州钱塘人。乾隆时期的进士，著作有《正味斋集南北曲》两卷，其中有小令71首，套数13篇。

吴锡麒的词、曲都是朱彝尊、厉鹗的后继者，作品风格追求"清

空"与"骚雅"。他的散曲从题材内容上大体有两种是比较突出的：一为题咏；一为归兴。

吴锡麒的题咏很杂，有题画、题风景名胜，再就是咏物。题画之作中以《题十二仕女图》最为醒目。一般都是先有画，后才征咏，而吴锡麒的这组题画却是先作出曲子后才教人绘画。因而说，这组作品实际上是题咏人物之作。

吴锡麒其他题画之作，如〔北双调·折桂令〕《题画蟹》、〔北双调·沉醉东风〕《题杨妃春睡图》等，语言精彩，有可以让人称道的地方。

吴锡麒的写景之作与朱彝尊、厉鹗相近，主要题写杭州西湖一带的名胜，如〔北仙吕·一半儿〕《焦山》《栖霞》等。与朱彝尊的题咏风景作品相比，朱彝尊的写景之作显得圆润，而吴锡麒的作品显得凄惋，更显得咏物之工。

归兴是吴锡麒曲作中的又一主题。从内容而言，他常常喜欢歌唱闲居隐逸生活。他在〔北中吕·普天乐〕《渔》其二中说："笑得人间浮云走，但有鱼换酒何愁。枫林醉休，芦花被厚，一觉嗣驹。"把林下生活写得十分美妙。

再看其他归兴之作，〔北越调·紫花儿序〕《野步》道："踏莎行芒鞋斜转，摸鱼儿竹篰横拦，醉花阴石径怯眠寒。那不就青山一带，先缚了黄篾三间。清闲，道商量画稿绢曾矾，移居未晚，只要践约鸥来，做伴云还。"

还有，〔北正宫·醉太平〕《移居东园》云："东皋生署号，村夫子移居。画来水竹便留吾，已新编烟户。放生社乞鱼苗护，鸣机房许灯光助，灌园人习菜佣呼，好衣冠渐疏。"

这类归兴曲子往往工稳圆润，与他写景咏物之作风格有所不同，总给人以一种耐人寻味的美感。

朱彝尊、厉鹗二人只作小令，吴锡麒不仅创作小令，还有套数，其套数中多题画之作，其次是送往迎来之作，只有［北中吕·点绛唇］一套，描绘盂兰会的情况。

朱彝尊、厉鹗、吴锡麒代表的"骚雅"派持续时间长，他们的创作在清代散曲史上前后呼应，形成气候。散曲风格主要表现为清空、闲雅、蕴藉，近于宋词，即"词味散曲"。追随者众多，成为清代散曲中的一大宗。

作为"骚雅"派中顶顶重要的一员，朱彝尊在提倡并践行"骚雅"曲风上并不是空穴来风，而是有其极深根源的。朱彝尊早年随嘉兴前辈文人曹溶学词，从中年开始创作，留下了600余首词。

他大力提倡学习南宋词的风雅兴寄，他认为明代词因专学《花间集》《草堂诗余》等，因此有气格卑弱、语言浮薄的弱点，主张词的创作应该提倡"清空""醇雅"以此来矫正词的上述弱点。

他宗法南宋词，推崇当时的格律派词人姜夔、张炎等。他选辑了唐代至元代的词编纂成为《词综》，在《词综》一书中朱彝尊阐述了自己的诗词主张，这一主张被不少人尤其是浙西词家所接受而发扬光大，于是就有了"浙西词派"这一称呼。

朱彝尊在词的创作上的主张自然而然地影响了他散曲的创作，成就了散曲"骚雅"之风。

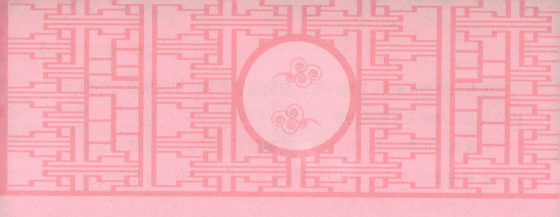

清晚期严肃与平俗的散曲

晚清时期，散曲创作沿袭着中期的路子，有部分散曲作家敏锐地抓住了时代的关键问题，如吸食鸦片、农民起义、外敌入侵等，谱写出散曲最后的新篇章。

这时一些散曲作家对鸦片的危害有所认识，他们将这种危害写入作品中传唱，以起到引导作用，不管这类作品的艺术性如何，立意是否高，但从选题上可以说抓住了时代的脉搏，算得上是时代的号角。

这类被称为"劝戒烟"的曲作数量不是很多，有凌丹陛的［南商调·黄莺儿］《鸦片烟词》24首；隐忧子的［南商调·黄莺儿］《劝戒洋烟》24首；半觉子的［南商调·黄莺儿］《劝戒烟》10首，还有黄荔的［北双调·新水令］《鸦片词》；等等。

除了这类大题材的散曲作品，清晚时，还有一些小题材的散曲作品值得注意，这些小题材，主要是指题画、艳情、抒怀题材，在这些散曲作家当中，赵庆熺、许光治的创作成就较为突出。

赵庆熺，字秋舲，浙江杭州人。出身贫寒，喜好读书。1822年考中进士，选延川知县，因病未能赴任，后改浙江金华府教授，最终以教职终其身。

赵庆熺工诗词散曲，尤擅长作散曲，其散曲风格爽朗，间杂悲感。散曲有《香消酒醒曲》一卷，有小令9首，套数11篇。从内容来看，赵庆熺的散曲多言私情，兼及日常生活起居，描景抒怀。所谓"私情"有两层含义：一为个人的人生情怀，一为闺情艳情之作。

赵庆熺以教职终其身，这个事业并非他所愿，因此其常常压抑愤懑，不满足生活现状。然而，他并不因此灰心，而是执着追求，绝不放松，也算得上豪气冲天。

此类曲作往往悲凉慷慨、雄健爽朗，如他的［南仙吕入双调·步步娇］《杂感》引子说："说甚聪明成何用，倒是伤心种，牢愁问

碧翁。一片青天，也恁般懵懂。何处哭西风，小心窝醋味如潮涌。"

这种伤感在他的［嘉庆子］也可以看到，他在［嘉庆子］中感叹道："白衣冠长揖江上送，到做了壮士天寒易水风，重把兰桡打动。叹田园，家业穷！叹交游，文字穷！"

尽管如此，他并没有泄气和颓废，他在［北双调·新水令］《葛秋生横桥吟馆图》中说："再休提踬名场剑气消，说什么困寒毡心绪槁，你看有的是痛黄炉玉树周，有的是走京华花插帽。"对教职的前途充满了信心。

赵庆熺的闺情艳情之作别开生面，如"拜月"为旧时女儿家常见之事，在曲作中也常能见到，不为稀奇。但他写来则不同，看他《拜月》套中的引子［南商调·黄莺儿］：

彩袖振明珰，拜嫦娥三炷香，深深叩倒红毹上。衫儿海棠，裙儿凤凰，玉尖轻合莲花掌。薄罗裳，北风衣带，吹起两鸳鸯。

拜月本是对月诉怀，吐露不便与人说的心事。曲作一句都未提及她的心事却无不是在写她的心事，是通过人物的衣饰、行为传达其心事的，这正是这首曲子的独到之处。

赵庆熹散曲多采用比兴手法，语言本色浑成，风格爽朗，自成一格，如《青梅》："海棠花发燕来初，梅子青青小似珠，与我心肠两不殊。你知无，一半儿含酸一半儿苦。""一半儿含酸一半儿苦"既抓住青梅的特征，又语意双关。

《偶成》则写小儿女的天真童趣，通俗形象浅白："鸦雏年纪好韶华，碧玉生成是小家，挽个青丝插朵花。髻双丫，一半儿矜严一半儿耍。"

他的《南中吕驻云飞·沉醉》则记述自己的日常生活，类似者还有《南仙吕桂枝香·连日病酒填此戒饮》《戒酒五日同人咸劝余饮遂复故态作此解嘲》《南中吕驻云飞·冬日早起》等。

许光治，字龙华，号羹梅，别号穗嫣，浙江宁海人。许光治知识驳杂，对书法、绘画、篆刻、医药、音乐都很精熟。

他的散曲有《江山风月谱》一卷，有小令52首。许光治的小令大多没有题目，题材相对狭窄，内容只限于题画、天气、时序等，也涉及一些农事。

许光治的题画之作，如［北南吕·阅金经］《题一清僧照》、［北中吕·普天乐］《题张墨林照》、［北越调·小桃红］《题画》等不拘于画面，或传人物精神，或写春意，内容较其他曲作要充实些。

许光治的时序、天气之作，有些突显雅致，也多风趣，如［北中吕·满庭芳］云：

绿阴野港，黄云陇亩，红雨村庄。东风归去春无恙，未了蚕忙。连日提笼采桑，几时荷锸栽秧？连枷响，田塍夕阳，打豆好时光。

曲作娴婉有致，疏朗清新，体现出清丽、风雅的特点。类似的作品还有［北越调·天净沙］："绿阴门巷停车，碧云庭院栖雅，柳絮刚刚飞罢，时光初夏，新棉又裹桐花。"

许光治继承了朱彝尊、厉鹗、吴锡麒等以词为曲的散曲创作道路。他把以词为曲推向了极致。散曲在他笔下题材内容单薄，境界狭窄，只剩下了华美的文字排列。他的作品可以说代表了骚雅派散曲最后的余晖。

知识点滴

赵庆熺的曲作内容比较单薄，却被誉为"清代散曲之冠冕"，这显然不是因为他曲作的内容，而是曲作的艺术。在清代，大多数人以词为曲，其作品多为"词味之曲"，纯曲味的散曲实在是太少了。直到晚清时，赵庆熺才创作出了"曲味散曲"，这就使得他与众不同，超凡脱俗了。

赵庆熺散曲之所以"曲味"浓厚，多数学者认为主要来自赵庆熺的白描功夫。散曲的曲味无关乎词汇的雅俗，也无关修辞表现手法的运用，甚至不关于格律，主要在于曲尽意尽，表达淋漓尽致，毫无掩饰，语意新巧，又直接明白如话，便于演唱，读来朗朗上口。

赵庆熺的曲子符合了这些基本特点，因此"曲味"浓厚。这个解释虽然没有得到公认，但有很多的支持者。